渡邊白泉の一〇〇句を読む

俳句と生涯

川名　大

飯塚書店

沼津市立沼津高校教諭時代　昭和 40 年　52 歳の頃（渡邊勝氏提供）

高屋窓秋渡満送別会　(昭和13年6月22日 新宿帝都座地下のモナミ)　前列左より 石橋辰之助･小西兼尾･石塚友二･清水昇子･高屋窓秋･古家榧夫･秋元不死男、後列左より 藤田初巳・小沢青柚子・細谷源二・杉山岳陽・渡邊白泉・石田波郷・岡崎北巣子・高篤三・西東三鬼の諸氏

沼津市立沼津高校卒業アルバムより　日本史の授業時の白泉(左)　昭和 39 年
(佐藤和成氏提供)

沼津市立沼津高校の生徒たちと　昭和30年代初期（佐藤和成氏提供）

沼津市立沼津高校　クラス担任（白鳥組）時代　昭和35年（佐藤和成氏提供）

三橋敏雄『まぼろしの鱶』出版記念会　(昭和41年10月5日)　霞が関霞山会館
左より 渡邊白泉・高屋窓秋・三橋敏雄・秋元不死男・湊楊一郎の諸氏

渡邊白泉の参加した俳誌　右より参加順 (川名 大提供)

渡邊白泉の一〇〇句を読む

目次

白壁の穴より薔薇の国を覗く　7
熔岩は太古のごとく朝焼けぬ　12
街燈は夜霧にぬれるためにある　15
三月の蒼穹にゐて事務とれる　17
れうらんと咲きみだれたる魚を売る　20
昆虫のごとく自動車灼けゐたり　21
自動車に昼凄惨な寝顔を見き　23
冷房へ華氏九十度の少女入る　24
鶏《とり》たちにカンナは見えぬかもしれぬ　26
赤き犬ゆきたる夏の日の怖れ　30
やはらかき海のからだはみだらなる　31
あげて踏む象の蹠《あうら》のまるき闇　33
臀肉が躍りゆき馬がをどりゆき　36
霜晴の両手をふつていつた門　38
かぎりなく樹は倒るれど日はひとつ　40
昼休み長きいつぽんの煙草すふ　42
夕青き運河わたりぬ工長と　46
休日の荒浪に遠く来て帰る　47
かげふかき羊にあへり岬ゆきて　49
三宅坂黄套わが背より降車　50

墓地越えて三聯隊の寝る喇叭　53
春の雪春の青山の上に降る　55
九段坂田園の婆汗垂り来《く》　58
駈ける蹴る踏む立つ跨ぐ跳ぶ転ぶ　60
遠き遠き近き近き遠き遠き車輪　62
銃後といふ不思議な町を丘で見た　65
遠い馬僕見てないた僕も泣いた　67
海坊主綿屋の奥に立つてゐた　69
赤く青く黄いろく黒く戦死せり　71
白き馬海わたり来て紅の馬に　76
繃帯を巻かれ巨大な兵となる　77
全滅の大地しばらく見えざりき　79
戦場へ手ゆき足ゆき胴ゆけり　80
提燈を遠くもちゆきてもて帰る　83

あゝ小春我等涎し涙して　85
赤の寡婦黄の寡婦青の寡婦寡婦寡婦　87
憲兵の前で滑って転んぢゃった　89
街に突如少尉植物のごとく立つ　92
青い棒を馬がのっそりと飛び越える　93
馬場乾き少尉の首が跳ねまはる　95
昼は商館に悲しき化物となり　96
戦争が廊下の奥に立ってゐた　97
石橋を踏み鳴らし行き踏みて帰る　104
朝曇烈しくゴオゴリをほめ黙る　107
花の家思想転変たはやすく　111
秋晴や笄町の暗き坂　113
熊手売る冥途に似たる小路哉　115
春昼や催して鳴る午後一時　117

檜葉の根に赤き日のさす冬至哉　118
赤土の大き穴ある枯野かな　119
あとあしを伸ばし日暮るゝ蟇《ひきがへる》　120
鳥籠の中に鳥飛ぶ青葉かな　121
翁らの句をぬらしたるくさめ哉　123
大盥《オスタップ》・ベンデル・三鬼・地獄《ヘル》・横団　125
夏の海水兵ひとり紛失す　130
霧の夜の水葬礼や舷かしぐ　133
白き俘虜と心を交はし言交はさず　136
司令等の倉庫燃えをり心地よし　138
玉音を理解せし者前に出よ　141
ひらひらと大統領がふりきたる　145
新しき猿又ほしや百日紅　146
いくさすみ女の多き街こののち　149
寒雲の二つ合して海暮るゝ　151
終点の線路がふつと無いところ　152
君は死に僕は故郷を食つちやつた　154
砂町の波郷死なすな冬紅葉　158
つめたよと妻に言はるゝ手足かな　160
五月雨や鴨居つかんで外を見る　163
おしつこの童女のまつげ豆の花　164
まんじゆしやげ昔おいらん泣きました　166
手製のジャム汽笛のポオや田舎菊　168
シェパードの停る速さや楢落葉　170
冬の旅こゝもまた孤つ目の国　171
日向ぼこするや地球の一隅に　174
地平より原爆に照らされたき日　175
新しき丸山薫薫りけり　176

瑞照りの蛇と居りたし誰も否 181
石段にとはにしやがみて花火せよ 184
稲無限不意に涙の堰を切る 185
機関車の誓子も寝しや天の川 187
わが胸を通りてゆけり霧の舟 189
手錠せし夏あり人の腕時計 190
底冷えの御殿場線や後戻り 192
稲妻に立つや石内直太郎 193
桃色の足を合はせて鼠死す 197
土砂を背に高校社会教科書死す 198
原爆を忘れてしまふ雲雀かな 200
眼の凍てし教師と我もなりゆくや 202
梅咲いて白い馬などやつてくる 204
万愚節明けて三鬼の死を報ず 206
この子また荒男に育て風五月 208
秋まぶし赤い帽子をまづお脱ぎ 210
向ひ合ふ二つの坂や秋の暮 211
をさなごの象にふれたる声麗ら 213
葛の花くらく死にたく死にがたく 215
おらは此のしつぽのとれた蜥蜴づら 218
白露や駅長ひとり汽車を待つ 222
浪打の倒れむとして引くも春 224
秋の日やまなこ閉づれば紅蓮の国 225
谷底の空なき水の秋の暮 226
注 232
参考文献 234
あとがき 236

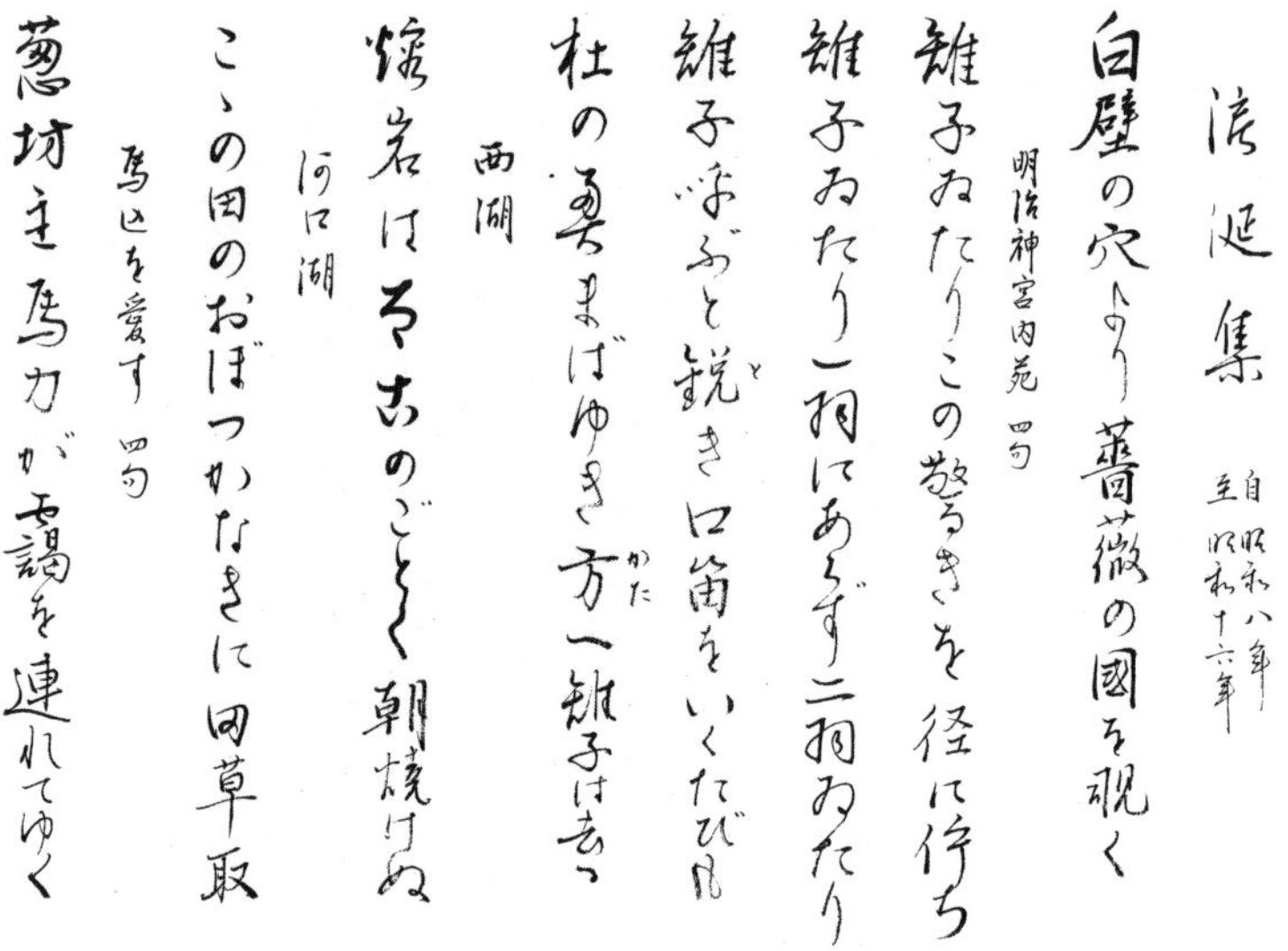
涙涎集　自昭和八年 至昭和十六年

白壁の穴より薔薇の國を覗く

明治神宮内苑　四句

雉子ゐたりこの驚きを径に佇ち

雉子ゐたり一羽にあらず二羽ゐたり

雉子呼ぶと鋭《と》き口笛をいくたびも

杜の奥まばゆき方《かた》へ雉子は去る

西湖

熔岩は太古のごとく朝焼けぬ

河口湖

この田のおぼつかなきに田草取

馬込を愛す　四句

葱坊主馬力が驢を連れてゆく

『白泉句集』（書肆林檎屋・昭和 50 年）より転載

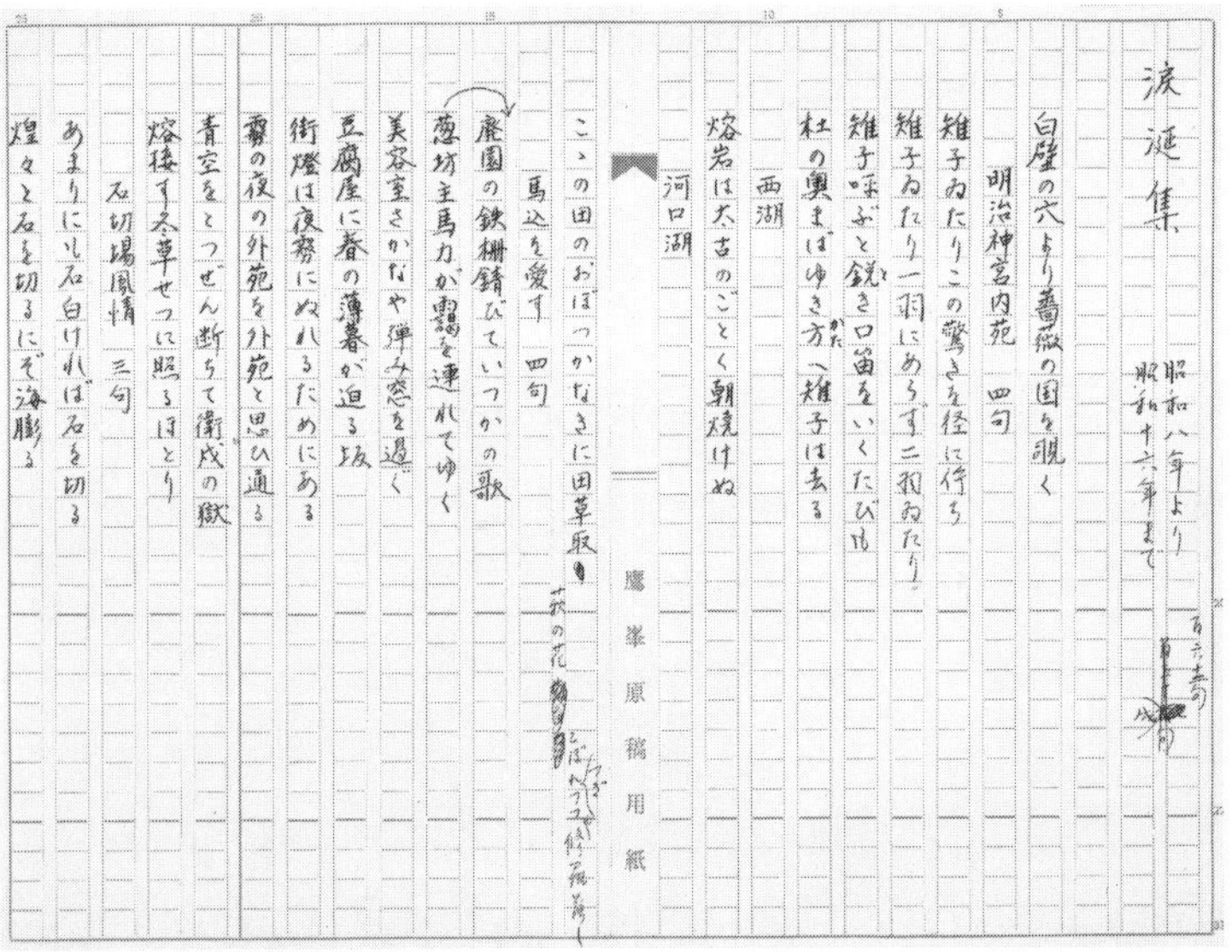
涙涎集　昭和八年より 昭和十六年まで

白壁の穴より薔薇の国を覗く

明治神宮内苑　四句

雉子ゐたりこの驚きを径に佇ち

雉子ゐたり一羽にあらず二羽ゐたり

雉子呼ぶと鋭き口笛をいくたびも

杜の奥まばゆき方《かた》へ雉子は去る

西湖

熔岩は太古のごとく朝焼けぬ

河口湖

この田のおぼつかなきに田草取

馬込を愛す　四句

廃園の鉄柵錆びていつかの歌

葱坊主馬力が驢を連れてゆく

美容室さかなや弾み窓を過ぐ

豆腐屋に春の薄暮が迫る坂

街燈は夜霧にぬれるためにある

霧の夜の外苑を外苑と思ひ通る

青空をとつぜん断ちて衛戍の獄

熔接す春せつに照るほとり

石切場風情　三句

あまりにも石白ければ石を切る

煌々と石を切るにぞ海膨る

渡邊白泉の自筆原稿

1 白壁の穴より薔薇の国を覗く

『白泉句集』昭和四年

渡邊白泉は、大正二年（一九一三）三月二十四日、東京市赤坂区青山南町（現・港区南青山）に生まれた。本名威徳《たけのり》。父徳男、母ふでの長男で、一人息子であった。本籍地は、山梨県南都留郡小立村一四九四番地（現・富士河口湖町）。父は同地の地主の家に生まれたが、出京して前記の青山南町で呉服店を経営していた。のちに止めて第一生命顧問となった。ふでとは大正十年ごろ離婚し、のち八人の妻を変えた。

大正十四年、東京市立青南尋常小学校（現・港区立青南小学校。港区南青山四丁目）を卒業。同校は番町小学校・白金小学校とともに東京の三大名門小学校であった。卒業生が一中（現・日比谷高）・四中（現・戸山高）・五中（現・小石川中等校）などを経て一高、東大へと進むケースが多く、人気のエリート進学校と称された。中村草田男も同校の出身で、昭和六年、母校を訪れた折に詠んだ「降る雪や明治は遠くなりにけり」の句碑が、正面玄関前に建っている。他のエリートコースには東京高等師範学校附属小学校（現・筑波大学附属小学校）から同附属中学校を経て一高、東大へ進むコースのものと、慶應義塾普通部（五年制）から慶應義塾大学へ進むコースがあった。白泉は同年四月、慶應義塾普通部に進学した。

昭和四年、四年生のとき、改造社の改造文庫『子規俳話』（昭4・8）を読んで俳句に興味をもつようになった。『子規俳話』は子規の主要な俳論俳話「芭蕉雑談」「俳諧一口話」「俳句問答」「俳句の初歩」「随問随答」「獺祭書屋俳話」などを精選したもので、白泉は「わたくしは子規の説く蕪村のおもしろさに悉く傾倒し、やがて自分でも俳句を作ってみようと思い立った。」と『白泉句集』（書肆林檎屋・昭50）の「あとがき」で当時を回想している。子規は「俳諧一口話」「俳句問答」「随問随答」で蕪村の句を引用して、漢文調や歴史的空想趣味の句などを解き明かしている。白泉はそれらに惹かれ、啓発されたのだろう。その第一作が「白壁の」の句であり、『白泉句集』の巻頭に置かれた。その事情を「『馬酔木』に投句して「句と評論」の同人となって作句にはげみはじめたのは昭和八年のことであるから、この句は、格別の記念的作品として集に入れたのである。」（『白泉句集』の「あとがき」）と言う。

一般に、いわゆる第一作がその俳人の資質や特質を象徴すると言う。芥川龍之介は尋常小学校四年のとき、

落葉焚いて葉守りの神を見し夜かな

と詠んだ。落葉焚きに「葉守りの神」を見る神秘的な感性や想像力は、後年、「新技巧派」の名をほしいままにした秀でた資質を象徴する。また、東《ひがし》鷹女（のち三橋鷹女）のいわゆる

第一作は、

蝶とべり飛べよとおもふ掌の菫

「蝶とべり」という嘱目の写生的表現から「飛べよとおもふ掌の菫」への詩的想像力による飛躍には、後年の才気煥発な資質の萌芽が見られる。

同様に「白壁の」の句も、昭和十年代に赤や青や黄など鮮烈な原色的な色に鋭敏に反応する感覚や想像力を発揮して多様な表現様式を創出した白泉の詩人的な資質の萌芽を見ることができる。白壁の穴から覗いたらその奥に薔薇の庭園が見えたという日常的な光景が現実だが、それを「薔薇の国」と表現したことで、おとぎの国、メルヘンのイメージの世界へと大きく一変する。「穴」は「白壁」の現実世界を「薔薇の国」の超現実世界へと転じるトリックアイテムだ。この句にも白泉特有の白と赤の鮮烈な色彩への強い関心が見られる。

慶応義塾大学経済学部予科（三年制）を経て、昭和八年、同学部本科に進学した白泉は、水原秋櫻子著『俳句の本質』（交蘭社・昭8）に啓発され、秋櫻子主宰の「馬酔木」に投句を始めた。その当時を回想して、

子規によるわたくしの俳句観は、この書物と、馬酔木一門の作者たちの実作品によって大きく変動した。そして、同誌の高屋窓秋氏の作品を、わたくしは何ものにも換えが

たく深く愛好した。甘美と憂愁とを打ちまじえた窓秋氏の作風は、わたくしの胸に、俳句が現代の詩として大きく生き得ることを、ひとつの信念として刻みつけたのである。（『白泉句集』の「あとがき」）

と言う。白泉が大いに啓発されたのは、秋櫻子の俳句観と表現方法論であった。秋櫻子は、俳句は景と情が渾然一致して象徴的に表現される抒情詩だと定義し、その象徴的な表現は韻と律との融合によって可能になることを、例句を分析して詳細に説いた。

詞の響きと陰翳とを考え、各音節の音脚を意の如く配列して、自分の感情を句の上にあらはす方法を「調べ」と名付けます。象徴的表現をする俳句では、此調べが最も尊重されます。（『俳句の本質』の「俳句の表現」）

この秋櫻子の俳句観と表現方法論は白泉の生涯に深い影響を与えた。戦時下に古俳諧の研究とそれに基づく作句に没頭していたころから昭和四十年代の晩年まで、一貫して音の象徴性と意味の象徴性との融合を方法上の理念として、晩年には秋櫻子に倣って「俳句の音韻」（『沼津高等学校論叢』第一集・昭41）「続・俳句の音韻」（同第二集・昭43）を書いた。

もう一人、甘美と憂愁とを湛えた高屋窓秋の作風の魅惑を語っている。当時の窓秋は、

頭の中で白い夏野となつてゐる　昭7
いま人が死にゆくいへも花のかげ　昭8
ちるさくら海あをければ海へちる　昭8
月光をふめばとほくに土こたふ　昭9

など斬新な感覚と清新な抒情による新風をうち立てていた。その作風は白泉だけでなく、富澤赤黄男をはじめ新鋭俳人たちのあこがれの的であり、連作「さくらの風景」は多くの若手俳人に愛誦された。

「馬酔木」に投句を始めた白泉は神田三崎町の水原産婆学校講堂で行われる「馬酔木」句会にも参加。昭和九年には松原地蔵尊・湊楊一郎・藤田初巳らの新興俳句誌「句と評論」へも投句を始めた。「馬酔木」ではもっぱら一句入選で伸び悩んだが、「句と評論」ではたちまち頭角を現し、同年十二月には早くも同人となり、自選句発表を許されるに至った。

ここで白泉の句集に触れておこう。昭和十年代に特異な才能を発揮して次々と斬新な俳句様式を創り出した白泉は、俳壇の輝かしい存在であった。しかし、昭和十五年五月三日、「京大俳句」弾圧事件（第二次）で検挙され、戦後は俳壇から離れて地方の高校教員として暮らした。そのため、生前、変型新書判三十頁・一二九句収録の小句集『渡邊白泉集』（八幡船社・昭41）しかなかった。『白泉句集』（書肆林檎屋・昭50）は白泉が最晩年、毛筆で清書した稿本句集を影印本として刊行した遺句集。昭和四年（十六歳）から同四十三年（五十五歳）までの作品四九六句が収録されている。ちなみに、毛筆の稿本『白泉句集』の原本である万年筆書きの生原稿と照合すると、句の推敲過程や自選過程が分かって興味深い。たとえば「ひらひらと大統領がふりきたる」は、生原稿では「キラキラと大統領が降りきたる」となっている。また、生原稿では「九段坂田圃の婆汗垂り来《く》」の後に「赤の寡婦黄の寡婦青の寡婦寡婦寡婦」をいったん自選しながら、棒線で消してある。

2

熔岩は太古のごとく朝焼けぬ

『白泉句集』昭和九年

初出は「馬酔木」昭和九年八月号。詞書に「西湖」とあり、この年の初夏のころ富士山の北側に当たる西湖や青木ヶ原の樹海を訪れたときに詠んだ句である。西湖は山梨県富士河口湖町にあり、富士山の噴火によって出来た富士五湖の一つ。このエリアは溶岩帯で、畳岩溶岩帯がよく知られている。近くの青木ヶ原の樹海も風穴や氷穴など多くの溶岩洞穴がある。富士山の溶岩は玄武岩質溶岩で黒灰色である。

この句は、畳状に広がる黒灰色の畳岩溶岩帯が東の空からの初夏の朝日を浴びて赤味を帯びて一面に輝きわたっている光景を有史以前の「太古」のようだと感じ取った感覚が斬新で、そこに新鮮な近代的詩情が生まれた。火口から流出した溶岩流が冷却固化した溶岩帯は草も生えず、生命感のない無機物。それと有史以前の圧倒的に自然が支配する原始の世界とにアナロジー（類似）による交感を感受した感覚は鋭い。一般に「朝焼」は日の出間際の東の空が紅黄色に染まる現象をいう夏の季語だが、ここでは「熔岩は」「朝焼けぬ」という主語述語の構文で、動詞の連用形として用いられている。したがって、溶岩が初夏の朝日を浴びて赤味を帯びて輝く現象である。

「熔岩」は俳句の近代的な素材であり、ラバ（らば）とも言う。「ホトトギス」および「馬酔木」の昭和五年九月号に載った藤後左右の句、

夏山と熔岩《らば》の色とはわかれけり

は、ゴツゴツした黒灰色の溶岩が真夏の陽に晒されているところと、濃い緑の草木におおわれたところが画然としている夏山の光景を詠んだものだった。即物的な把握による斬新でモダンな句として評判になっていたので、白泉も知っていたかもしれない。

同年七月十日、湯島天神町の旅館「都館」で開かれた「句と評論」句会に、白泉は初めて出席した。そのときの白泉の印象を藤田初巳は「すんぐり、ころころとしたからだを慶應義

塾大学の学生服で包み、かなり度の強い近眼鏡を鼻の中途にややずらせて、口ごもりながらぶつぶつと語る二十一歳の姿」（「回想の白泉」―「俳句研究」昭44・3）と言う。「句と評論」は松原地蔵尊（雑詠選）・湊楊一郎（経理）・藤田初巳（編集）のトロイカ方式で運営されていた。「句と評論」において白泉には小澤青柚子というライバルがいた。青柚子は「都館」の次男で、昭和九年三月に早稲田大学高等師範部（国語漢文科）を卒業していた。この年の青柚子の「句と評論」雑詠欄の活躍はめざましく、七月号で同人に推されていた。青柚子も白泉に劣らず、斬新な感覚を発揮した句を作った。

舷梯に白靴かけて波を越ゆ　昭9
あきさめはぬれたる花を記憶せり　昭10
あきかぜはたとへば喬く鋭《と》き裸木《らぼく》　昭10

二人は毎月の句会において良きライバルとして切磋琢磨し合った。

街燈は夜霧にぬれるためにある

『白泉句集』昭和十年

3

初出は「句と評論」昭和十年一月号。筑摩書房版『現代俳句集』（昭32）と八幡船社版『渡邊白泉集』（昭41）にも収録。新同人になって初めて発表した自選句の中の一句。「街燈」と「夜霧」の配合は哀愁や感傷、幻想などを誘う詩的な情趣がただようが、定番的で陳腐でもある。たとえば、写生的、嘱目的に「街燈は夜霧にぬれてをりにけり」と詠めば、陳腐に陥ってしまう。街燈は文明の利器の一つの照明器具なので、実用的、常識的な発想からは「街燈は夜道を照らすためにある」となる。ところが、この句はそういう実用的な発想を「夜霧にぬれるためにある」と、純粋な美的発想へと一転させたところに斬新さがある。そのことで夜霧にぬれる街燈の感傷を誘う美しさが強調される。モダン都市を背景にしたモダンな詩情である。口語の散文体で「街燈は／夜霧にぬれる／ためにある」と表現したのも斬新な文体で、知的なポエジーが感じられる。すでに昭和九年、映画「にんじん」から発想する意欲的な試みにより、

薔薇垣の母の黒衣を児は怯る

などを詠んでいた白泉であるが、この「街燈は」の句は多くの俳人たちの共感を呼び、白泉は新鋭俳人として一躍注目を浴びた。したがって、この句は白泉の実質的な第一作となった。ちなみに鈴木六林男はこの句に共鳴して、昭和十四年、

門燈はカンナを照らすために点く　句集『荒天』

と詠んでいる。

昭和十年は「馬酔木」「天の川」「句と評論」「土上」「京大俳句」「旗艦」と全国的に主要な新興俳句雑誌が出揃い、新興俳句が無季俳句へと大きく舵を切った年である。各俳誌に台頭した才気溢れる新鋭俳人たちは新感覚・新文体などを競い合った。白泉もその一人であった。

しんしんと肺碧きまで海のたび　篠原　鳳作　昭9
水の秋ローランサンの壁なる絵　高　篤三　昭9
街燈は夜霧にぬれるためにある　渡邊　白泉　昭10
南国のこの早熟の青貝よ　富澤赤黄男　昭10
夢青し蝶肋間にひそみゐき　喜多　青子　昭10
水枕ガバリと寒い海がある　西東　三鬼　昭11

当時、「句と評論」の編集は渋谷区初台の藤田初巳の家で行っており、藤田によると、白泉は渋谷区金王町《こんのう》の自宅から毎晩のようにバスに乗って藤田の家に通い、小澤青柚子と二人で編集事務を手伝った。仕事が一段落すると、二人は酒を飲みながら斎藤茂吉を讃え、篠原鳳作を論じたりした。(「回想の白泉」既出)昭和九年十一月二十一日、西東三鬼の提唱で首都圏における新興俳句の横の連絡機関として「新俳話会」が結成され、白泉の俳人との交遊は三鬼・石橋辰之助・石田波郷・高屋窓秋・東京三《ひがし》(のち秋元不死男)らへと拡がっていった。彼らはしばしば神田神保町のビアホール「ランチョン」や茶房「きやんどる」などを溜り場として、交遊を深めた。

4

三月の蒼穹にゐて事務とれる

『白泉句集』昭和十年

初出は昭和十年三月十五日、上野池之端の蕎麦屋「更科」で開かれた「句と評論」句会。詞書に「ビル」とある。

大正十二年九月一日の関東大震災で壊滅的な打撃を受けた首都東京は、そののち昭和にかけてモダン都市として復興した。鉄鋼と電力に支えられたモダン都市は明暗二つの顔を持っていた。高度な技術やデザインを駆使した高層建築群や利便性に富む地上地下の交通網などがモダン都市の表層的な明るい未来を象徴する。他方、その背後の深層部では都市文明による疎外と貧困に苦悩する暗鬱な多くの庶民群を生み出した。

　この句は都市の高層ビルの高所の明るく近代的な一室で事務を執るホワイトカラーの生態を表現し、モダン都市生活者の明るい面に焦点を当てている。モダン都市ではタイピストやバスの車掌など、若い女性の職場進出が盛んだったので、この句の事務職員も若い女性を想定して読み解いてもよい。ビルの高層の一室で、透明な大きなガラス窓越しに早春の明るい外光につつまれて事務を執る洋装の若い女性のイメージは、よりいっそうモダンの度合いを強める。表現の上でモダンなイメージを強めているのは「蒼穹にゐて」である。まるで高い青空の中にいるようなイメージの広がりがある。「蒼穹」は唐の詩人岑參《しんしん》の詩句「七層摩㆓蒼穹㆒」にも使われている古い漢語だが、青く広がる天空を弓なりの形状として表現した詩的なイメージを内包しており、この言葉自体がモダンなイメージを伴う。白泉は言葉の選択として「青空」ではなく、モダンなイメージを感受して「蒼穹」としたのであろう。

　高層建築はモダン都市を象徴する文学的素材として多く詠まれた。篠原鳳作の「高層建設のうた」（「天の川」昭10・4）と、萩原恭次郎の詩「日比谷」（『死刑宣告』大14）の第一章を抄出しておこう。

蒼穹にまなこつかれて鋲打てる
一塊の光線《ひかり》となりて働けり
鋲を打つ音日輪をくもらしぬ
鳴りひびく鉄骨の上を脚わたる

篠原　鳳作

強烈な四角
　鎖と鉄火と術策
　軍隊と貴金と勲章と名誉
高く　高く　高く　高く　高く　高く聳える
首都中央地点——日比谷

萩原恭次郎

れうらんと咲きみだれたる魚を売る

『白泉句集』　昭和十年

5

初出は「句と評論」昭和十年九月号。「商売往来」の詞書があり、二句中の第二句。『白泉句集』では「商売往来　四句」の詞書で四句が収められている。

魚は季節ごとに、また水揚げされる地域ごとに種類は様々であり、色や形や大きさも様々である。背の色で分ければ、青系統はカツオ・サバ・サンマ・ブリ。黒褐色系統はアンコウ・ヒラメ・カレイ・アジ・イワシ。イシダイは全体的に黒い。赤系統のキンメダイは鮮やかな朱色、マダイは明るい赤色。マイカは赤味がまじったまだら。

この句の斬新さは魚屋の店頭に色や形や大きさなどが様々な魚が所せましと並んでいる光景を百花繚乱のさまと感受したところにある。様々な魚が入り乱れている様だが、形や大きさよりも青や赤や黒褐色などの様々な色が入り乱れていることに鋭敏に反応して、そこに様々な色の花が咲き乱れている様とのアナロジー（類似）を感受したのである。それが「れうらんと咲きみだれたる魚」という表現であり、咲き乱れる様々な色の花のイメージと入り乱れている様々な色の魚のイメージとが重なっている。だが、二つのイメージには質感の違いがある。表皮がぬめぬめとした様々な原色的な色の魚類が入り乱れているイメージからは官能的、肉感的なまめかしさが、より強く伝わる。この句も原色的な色彩に強く反応する白泉の特異な感覚が発揮されている。

この句は無季の句だが、白泉はこの年、「季語の作用と無季俳句（上）（下）」（「句と評論」昭10・9〜10）という論考を執筆して、鳳作や赤黄男と同様、有季と無季の対立を詩性によって止揚するという「超季」の認識、俳句観を明確に打ち立てた。季語が有ろうが無かろうが、それは俳句にとって従属的なことであり、詩性を最優先するという考え方である。

昆虫のごとく自動車灼けゐたり

『渡邊白泉句集 拾遺』昭和十年

6

初出は「句と評論」昭和十年九月号で、松原地蔵尊選の雑詠欄で巻頭を得た七句中の第一句。この句の後に、

自動車に昼凄惨な寝顔を見き

があるので、この二句は同時期に作ったものであろう。この句もすでに触れた「熔岩は太古のごとく朝焼けぬ」「れうらんと咲きみだれたる魚を売る」と同様、比喩におけるアナロジー（類似）による照応が斬新で、灼けついている自動車のイメージが鮮明である。駐車場か空地に止められていたままの黒塗りの一台の自動車。刺すような強い夏日を浴びつづけて、この金属性の硬質の物体は高熱を帯び、灼け焦げるようだ。そこに白泉は昆虫とのアナロジーを直感したのである。

では、どんな昆虫との、どんなアナロジーなのだろうか。昆虫の定義から始めて理詰めで両者のアナロジーを読み解く必要はない。白泉と同じように直感的な感性を働かせればよい。黒い硬質の物体と類推のつながる昆虫といえば、黒褐色で全身が固い表皮で覆われた兜虫が最適である。しかし、「兜虫のごとく」と表現したのでは自動車と兜虫のアナロジーが見えて、読者の想像力が働く余地がない。「昆虫のごとく」と含みをもたせた表現によって、読者は想像力を刺激され、異質なものの間にあるアナロジーを感受する喜びを味わえる。詩表現における想像力とは、まず読者の想像力を生き生きと働かせてやることであり、そのことを白泉は十分に心得ていただろう。ちなみに、戦後、白泉は「物を名ざして明らかにこれ〳〵だと言って了うのは、詩の面白味の四分の三を殺ぐものだ」というマラルメの有名な言葉を引用している。（「俳句と象徴」――「俳句界」昭23・7）

自動車に昼凄惨な寝顔を見き

『白泉句集』昭和十年

7

初出は前の「昆虫のごとく」の句と同じ。

駐車場か空地などに駐車している自動車の側を通りかかったとき、ふと窓ごしに運転席に目をやると、仮眠を取っている男の顔が見えた。その顔は凄惨としか言いようがないような、血の気がなく極度な疲労が滲み出た顔だったというのである。都市生活の日常のひとこまとして、通りすがりに「凄惨な寝顔」を発見し、それを焦点化したところが新しく、非凡である。男に関してはタクシー運転手を想定してもよいし、営業担当の会社員であってもよい。

前にも触れたように、関東大震災後に出現した、鉄鋼と電力に支えられたモダン都市は明と暗の二つの顔を持っていた。この句は発展するモダン都市下で疲弊した日常生活を強いられている一庶民の一場面を浮き彫りにすることで、モダン都市の深層にある暗部を象徴している。のちに白泉はこの方向の句を、新興俳句が目ざすべき一つの方向として「赤のリアリズム」と言っているが、この句は白泉にとってその最初の句であった。

この句には句集収録に関して一つのエピソードがある。昭和四十一年、八幡船社から新書判の小句集『渡邊白泉集』が出版されたとき、寄贈を受けた平畑静塔にはこの運転手の句がその後の新興俳句の一つの方向をはっきり示したショッキングな完成句として、強く印象に残っていた。しかし、その句は収録されていなかった。そこで礼状かたがた、運転手を詠んだ昔の作品をどうして抜かしたのかと訊ねた。それに対して、白泉は返事に「そうでしたか」と余り感じたとも思われない便りをよこしただけだった。（「白泉の死以後」—「俳句研究」昭44・3）この句が収録されなかったのは、発行者の津久井理一によって無断で削除されたことによるのかもしれない。白泉はその三年後の稿本『白泉句集』（昭44）にはこの句を収録した。もしかすると、静塔の言葉を斟酌したのかもしれない。

8

冷房へ華氏九十度の少女入る

『渡邊白泉句集 拾遺』昭和十年

初出は前の「昆虫の」「自動車に」の句と同じ。「冷房と少女」という詞書のある三句中の第二句。他の二句は、

冷房の少女の鼻梁大なりき
ペダンコの珈琲茶碗冷房に

この句は冷房のよく利いた珈琲店に、扉を押して一人の少女が入ってきた瞬間を切り取ったもの。冷房はモダン都市下の文明の利器の一つとしての空調設備。この時代、首都圏の珈琲店などでは利便性の高い冷房は早くも普及していたのである。「冷房」もモダンな素材だが、この句のモダンな新しさは冷房の利いた珈琲店に入ってきた少女を「華氏九十度」と即物的に捉え、即物的で直截的な口語文体で表現したところにある。白泉は口語表現の長所として、「端的な感動の表現に最適である」（「句と評論」昭11・1）と言っている。この句はその長所を発揮した句と言えよう。

昭和十年代において、室温を測定する棒状の寒暖計には左右に黒は摂氏、赤は華氏の目盛りが刻まれていたが、日常生活では摂氏で表示することが多く、華氏はほとんど使われていなかったようである。華氏摂氏温度換算表を参照すると、華氏90度は摂氏32度。人間の平均的体温である摂氏36・5度は華氏98度である。

では、白泉はなぜ「華氏九十度の少女」と表現したのだろうか。「摂氏三十六度」ないし「摂氏三十七度」とすれば、日常の体温を表わす数値として誰でも知っており、科学的にも正確である。しかし、それでは十七音定型律の韻律（語呂）も整わないし、陳腐で何の驚きも与えない。では「華氏九十八度」とすればどうか。体温として科学的な数値は正確だが、韻律（語呂）が悪い。というか、白泉は体温の科学的な数値などを問題にしていない。白泉の狙いは、冷えかたまった冷房の物質感と、街の炎熱を帯びて火照る少女の若い肉体とをスパークさせて、その激しい落差が放つ目に見えない火花を読者に感受させることだった。「華氏九十度」と言われて直ちに摂氏に換算できる人など、当時もほとんどいなかった。白泉は語呂がよく、インパクトのある語としてアバウトに「華氏九十度」を選択したのである。それが白泉の俳句表現における詩的真実である。その白泉の狙いどおり、読者も「華氏九十度」から街の炎熱を背負った少女の肉体を感受して、共感したであろう。西東三鬼はこの句を「彼の冷い《ママ》レアリズム。感傷の排除と知性。直截な表現」（「風邪をひかぬ白泉」―「句と評論」昭10・11）と評した。

鶏《とり》たちにカンナは見えぬかもしれぬ

『白泉句集』　昭和十年

9

初出は「句と評論」昭和十年十月号。初出および八幡船社版『渡邊白泉集』（昭41）には「鶏たちにカンナは見えぬかもしれぬ」の表記で収録。初出には「三章」の詞書があり、三句中の第二句。第一句と第三句は次のとおり。

向日葵と塀を真赤に感じてゐる
まつさをな空地にともりたる電燈

この三句に共通するのは、鮮烈な原色的な色彩に強く反応する特異な感覚である。しかし、対象への焦点の当て方や表現方法や狙いにはそれぞれの句に違いが見られる。これらの句を読み解くには当時の新興俳句が目ざしていた「青のリアリズム」（新感覚のモダンな俳句）と「赤のリアリズム」（社会性のある俳句）という二つの方向と、しだいに軍国化が強まっていく時代情況を踏まえることが必要である。

「向日葵と」の句は鮮烈な赤色のものを凝視した後に、黄色い向日葵と茶褐色の塀に目を転じると、赤色の残像によって向日葵と塀が真赤に感じられるという感覚的な反応である。だが、そういう表層的な感覚的な反応に留まるものではなく、狙いはしだいに迫りつつある危険な時代情況に鋭敏に反応することにあったとも読み解けよう。すなわち、目ざす赤のリアリズムを象徴する俳句である。

「まつさをな空地」の句は、昼間は雑草が生えている変哲もない空地が夜は電燈に照らされ、そのエリアだけが鮮やかな青色に一変するという感覚的な反応。この句も感覚的な反応に留まらず、青のリアリズムを象徴するものと読み解けよう。

ところが、「鶏《とり》たちに」句の表現方法はそういう視覚的な反応だけに焦点を絞ったものとは異なり、逆説的な発想と方法をとっており、そのためイローニッシュなウイットと、より象徴的な奥行きが感じられる。

カンナは大きな燃えるような赤色の花弁が何枚もあり、葉は大きな長楕円形で、美しい縞模様の真赤なものもある。誰が見ても真赤なカンナは目に焼きつくもの。ところが、白泉は意表を衝いて、鶏たちには真赤なカンナは見えないかもしれないと発想する。人間の目に鮮やかに映るカンナがなぜ鶏たちには見えないのか。その発想の謎を解くには鶏とカンナという異なるものをつなぐアナロジー（類似）を感受しなければならない。すなわち、鶏の鶏冠とカンナの類似性の発見である。白泉は鶏の鶏冠とカンナとの色彩、形状の類似性に着眼して、真赤なカンナは誰の目にも鮮やかに映るものだが、真赤な鶏冠を持つ鶏たちには、かえって見えないかもしれない、という逆説的な発想をしたのである。

では、この句は誰にも見えるものが、類縁関係にあるものには、かえって見えにくいというイロニイや視覚の危うさを、単に逆説的なウイットで表現したものだろうか。社会情況に鋭い批評精神とイロニイを発揮する白泉が、そこに主眼を置いていたとは思えない。この句では「鶏たち」の目を借りて、時代情況に染まって生きる凡庸な同類たちには時代情況に潜む危険な正体が見抜けないことを、逆説的な鋭いイロニイによって表現したのではないか。「鶏《とり》たち」は危険な時代情況に同化して生きる同類たち、つまり一般大衆の暗喩であり、「カンナ」は時代情況に潜む危険な存在の暗喩であり、要するにこの一句全体が暗喩となっている。

三橋敏雄は少年時代から白泉に師事して、その後長く白泉と行を共にした俳人で、白泉俳句の最もよき理解者である。三橋はこの句について「「見えぬかもしれぬ」に反語の意を利かせた表現から、鶏たちには見えて、人間には見えぬものの存在が、次第に暗示されてくる」(『鑑賞現代俳句全集 第六巻』立風書房・昭55)と読み解いている。だが、「見えぬかもしれぬ」は不確かな断定であって、反語ではない。反語に依拠した三橋の読み解きには従いがたい。

ちなみに、加藤楸邨に、

秋の風鶏の見るもの我に見えぬ

があるが、対比を用いた直接的な表現である分、詩的インパクトは弱い。この三句は特異な感覚や発想が新鋭俳人たちの共感を呼び、白泉はますます注目される俳人となっていった。

10

赤き犬ゆきたる夏の日の怖れ

『渡邊白泉句集 拾遺』昭和十年

初出は「句と評論」昭和十年十月号。松原地蔵尊選の雑詠欄で第四席を得た四句中の第一句。白泉は翌昭和十一年三月に大学を卒業して、四月から神保町一丁目にある三省堂の出版部に勤めるようになった。通勤経路は渋谷駅前から須田町行の市電に乗り赤坂見附、三宅坂、九段下を通り、駿河台下で下車していた。同年、「句と評論」十二月号に「通勤景観」と題して、

三宅坂黄套わが背より降車

という句を発表した。この句は通勤途中、陸軍参謀本部のある「三宅坂」停留所で、一人の陸軍将校が白泉の背後から降車したときの一種のおそれを詠んだもので、心理俳句の傑作として知られる。それと同様、「赤き犬」の句も心理俳句で、いわば白泉における心理俳句の第一作である。

夏の強い日差しが路上に濃い影を落とし、人影もまばらな白昼、どこから現れたか、一匹の筋骨逞しい赤毛の犬と出遇った。その威圧感に思わず身じろぎしたが、犬は人間の存在な

どに頓着することなく、悠然と遠ざかっていったという一場面である。赤い犬の威圧感に押され、遠ざかる犬の後ろ姿を目で追っていった後も、一種の恐怖、おそれの気持ちが消えず、時がたって甦ってくるのである。この句も白泉特有の赤色への強い感覚的な反応が見られるが、犬の赤色もおそれの感情を増幅させている。

この句の「怖れ」は直接的にはたまたま出遇った赤い犬から発しているものだが、それに限定されないものを含んでいる。赤い犬が夏の白昼のしじまの中を通り過ぎていったということが、何か不吉なことが起こるかも知れない予兆のように思われてくる心理的なおそれへとひろがってゆく。

11

やはらかき海のからだはみだらなる

『渡邊白泉句集 拾遺』昭和十年

初出は「帆」昭和十年九月創刊号。藤田初巳選の巻頭五句中の第三句。

この句は詞書は付いていないが、海での泳ぎを詠んだときのもの。他の四句は、

濃藍の海を擁かむと跳びこめり
潜くとき海がまはりに旋回す
碧落にうかびて海を仰ぎゐる
手足もて浪の項《うなじ》を越えむとす

これらの四句を眺めると、泳ぐ人間を主体にして様々な泳ぎ方が詠まれていることがわかる。順に、沖に向かって長く架けられた桟橋からの跳び込み。潜水。力を抜き空を仰ぐ状態でゆったりと浮かぶ背泳ぎ。クロール。

ところが、「やはらかき」の句だけは海を主体にして、その質感が詠まれている。しかもそれは海を女体のようなやわらかい体を持ったみだらな生きものだ、と感覚的に捉えている。俳句において、海をこのように官能的なエロチックな存在として詠んだのは白泉が初めてであろう。前に触れた「れうらんと咲きみだれたる魚を売る」と同系統のセンシャルな感覚が発揮された句である。

これは、具体的には力を抜いて立ち泳ぎをしているときの皮膚感覚であろう。水面に首だけ出して、力を抜いて立ち泳ぎで浮いていると、海水が全身を柔らかくつつみ、波動にしたがってゆるやかに揺する動きをくりかえす。それは柔らかな女体に全身が愛撫されるかのようで、官能が刺激されるのである。

ここで、白泉と新興俳句誌「帆」との関係に触れておこう。「帆」は昭和十年九月、神奈川県茅ケ崎町（現・茅ヶ崎市）で小野湖子を編集発行人として創刊。雑詠選者は藤田初巳。翌年、松原地蔵尊・西東三鬼・伊藤柏翠も特別選者となり、主要同人に中台春嶺・細谷碧葉（のち源二）が参加するなど「句と評論」の衛星誌的な存在であった。十一年六月、発行所が東京市品川区大井町の中台春嶺宅に移って以来、白泉は「帆」の俳句会にしばしば出席し、三鬼・春嶺・碧葉らと談論風発、親交を深めた。

12

あげて踏む象の蹠《あうら》のまるき闇

『白泉句集』昭和十年

初出は稿本句集『白泉句集』（昭44）。『白泉句集』には「サーカスのうた　五句」の詞書で五句が収録されており、その五句目の句である。他の四句は、

馬がゆき足踏んばった裸女がゆき
太陰のかげにをりたる曲芸師

道化師の眼のなかの眼が瞬ける
涙して見てをり象の玉乗りを

「あげて踏む」の句を含めた五句のうち、「太陰の」の句だけは「句と評論」昭和十年十一月号の松原地蔵尊選の雑詠欄で巻頭を得た四句（詞書は「サーカスを見てかへりし夜の夢に」）のうちの冒頭句だが、他の四句は『白泉句集』が初出である。

昭和初期は日本のサーカスの黄金時代で、木下大サーカスや有田サーカスなどが次々と創立された。動物曲芸では馬による曲馬芸が一般的だが、この句は象による玉乗りなどの曲芸の一場面である。

大きな天幕でおおわれたサーカス小屋。芸を見せる見世物として舞台中央に登場した一頭の大きな灰色の象が、象使いの指図に従って大きな重そうな足をゆったりと上げて、ゆったりと下ろす。その上げた足の大きな円い足裏（蹠）に焦点を当てた。足裏は照明が当たらず黒く見える。それを「まるき闇」と捉えた。「涙して見てをり」の句には白泉の基底にあるヒューメインな心情が表面に表われているが、この句の「まるき闇」にもヒューメインな目と心が注がれており、そこに見世物として使われる象のかなしみが象徴されている。

この句は今まで挙げてきた白泉の句とは大きく異なる。原色的な色彩への特異な感覚、口語を用いた直截な文体、モダンなモチーフなどは見られない。何よりも一句の韻律が違う。

「3・2／3・4／3・2」と柔軟に屈折する音数律と、母韻や頭韻の韻とが融合した古典的な文体であり、「象の蹠《あうら》のまるき闇」に焦点を絞ったところに確かな俳意がある。

昭和十五年に「京大俳句」弾圧事件で検挙された白泉は、それ以前から古俳句研究も進めていたが、不起訴となり釈放された後、戦中、阿部青鞋・小澤青柚子・三橋敏雄らと古俳句研究とそれに倣った実作に没頭し、古俳諧の風趣をわがものとした。たとえば、

熊手売る冥途のごとき小路かな　昭17
檜葉の根に赤き日のさす冬至哉　昭18
赤土の大き穴ある枯野かな　昭18

こうした戦中の古典的な風趣の句と、この句の韻律に基づく文体と俳意が酷似しているのである。

そこで、「あげて踏む」の句の制作年について大胆な憶測をしてみよう。

『白泉句集』はおおよそは制作年代順に収録されているが、同じ題材や類似のモチーフの句は制作年代が違っても一まとまりにしたものもかなりある。また、白泉は「あとがき」で「資料は、検挙の際そっくり京都地検に押収されてしまったので、集をまとめるには、わたくし自身の記憶に頼るほかなかった」とも書いている。古典的風趣の酷似という点に依拠して、古俳諧の研究と実作に没頭した戦中ないしそれ以後の制作だったとする憶測もあながち

的外れとも言えまい。

また、気がかりな句として、晩年、静岡県三島市の楽寿園内にある小動物園を訪れたときに詠んだ、

　をさなごの象にふれたる声麗ら

がある。このことも視野に入れて、さらに憶測を逞しくすれば、晩年に稿本の『白泉句集』の制作を思い立ち、昭和十年の「サーカスのうた」をまとめているときに新たに創作したとも考えられよう。

13

臀肉が躍りゆき馬がをどりゆき

『渡邊白泉句集 拾遺』昭和十年

初出は「句と評論」昭和十年十一月号。松原地蔵尊選の雑詠欄で巻頭を得たもので、「サーカスを見てかへりし夜の夢に」という詞書のある四句中の第二句。他の三句は、

太陰のかげにをりたる曲芸師
女と馬の犇めいてをる曼陀羅図
かの天幕帆船となり日と航す

この句は、サーカスの大きな円形の舞台の上で、何頭もの馬のそれぞれの馬上で女曲芸師がアクロバットで華麗な曲芸を見せる曲馬芸の一場面を詠んだもの。軽快な音楽に乗って円形の舞台の上に次々と曲馬がそれぞれの女曲馬師とともに速歩（トロット）で登場してくる華やかな曲馬芸の開幕の場面であろう。

この句の斬新さは曲馬の馬体に対する意外性に富んだ視点とその移動にある。最初にトロットする馬体の躍動する臀部の筋肉に焦点が当てられる。この意外な視点によって読者の目にはまず躍動する臀部だけがクローズアップされるように焼きつけられる。次に胴部から頭部へと視点が移されることで、躍動する臀部はトロットする馬であったことが明らかになる。視点の移動による一種の謎解きであり、そこに斬新な表現方法がある。

この動きを表わす動詞を多用し、時には動作の主体を変えるフェイントの技法も用いたりする表現方法は白泉が開発したもので、白泉の最も得意とするものであった。

駈ける蹴る踏む立つ跨ぐ跳ぶ転ぶ　昭13

戦場へ手ゆき足ゆき胴ゆけり　昭13
提燈を遠くもちゆきてもて帰る　昭13
石段を踏み鳴らし行き踏みて帰る　昭14

などがある。特に、新興無季俳句の旗手として志半ばで病のため夭逝した篠原鳳作の霊に捧げた大作「支那事変群作」（「句と評論」の後身「広場」昭13・6）では、日本兵と中国兵の戦闘とその死がこの方法を存分に駆使して描かれている。

14

霜晴の両手をふつていつた門

『渡邊白泉句集 拾遺』昭和十一年

初出は「句と評論」昭和十一年一月号。「四章」と詞書がある四句中の第四句。屋根や地表に一面真白に霜が下りた朝は寒気が厳しく、快晴無風である。地表は朝日にきらきらと輝いている。そういう朝に、晴れがましい気持ちを抱いて元気よく両手を振って門を出ていったときの光景が、なぜか印象深く思い出される、というのである。下五を「門」

という体言止めにしたため、回想のなかの両手を振って出ていった「門」のイメージが前面に鮮やかに浮かぶようになっている。

「門」だけに焦点が当てられており、いつ、どこへ出ていったのかは匿されている。霜晴の朝に両手を振って門を出ていったということから、少年時代の晴《ハレ》の日の行事などがおのずと想定されるだろう。たとえば小学校の入学式、卒業式、修学旅行など。

ではこの句は少年時代の晴れがましい日の出立だけを詠んだものだろうか。それでは俳句独特の屈折を持たない晴朗なものになってしまう。三橋敏雄は、

懐かしさあふれんばかりのこの一句の行方に、どこか落とし穴のような暗い影が窺えるのは、この作者の身にかかわるその後の成り行きの間に、たとえば戦争があったからだと思われる（『鑑賞現代俳句全集 第六巻』立風書房・昭55）。

と評する。この一句の行方に「暗い影」を読み取ったのはさすがに鋭い感性による読みだが、その原因を、その後の白泉にふりかかった「京大俳句」弾圧事件における検挙や戦争など、人生の暗転と結びつけることには従いがたい。この句の晴れがましい一場面の回想表現自体に、その後の思うにまかせない人生の起伏や暗転が含意されていると読み解くべきであろう。

かぎりなく樹は倒るれど日はひとつ　『渡邊白泉句集 拾遺』昭和十一年

15

初出は「句と評論」昭和十一年二月号。「伐木」という詞書のある五句中の第三句。他の四句は、

森の陽の瑰麗なるにひとまぎれ
のこぎりと斧と葉片びつしりと
谺よりさびしきものはひとの鼻か
ひとら去り日も去り谺樹にのこる

森林の伐採場面である。樹木を木材として利用するための伐採と、他の木の成育を良くするための間伐とでは目的が違う。また、杉や檜など樹木の種類によって伐採に適した季節には違いがあるが、一般的には冬の時期が最適である。冬になると樹木の成長が弱まり、樹液が減るので乾燥し、高密度の木材になる。また蜂などの危険な虫もおらず、葉も落ちているので作業もしやすいのである。

森林の大きな樹を伐採するには樹を真中にして対面の二人がかりで大鋸を挽き合う。最後のとどめは大鋸を挽き進めたところに楔を打ち込み、斧で仕留める。密集した森林には冬の木漏れ日が差し込んでいる。伐採の木挽師が最後の斧を打ち込むと、大樹はゆっくりと倒れ込んでゆき、地面を揺るがして谺を響かせる。この極度に緊張した数秒間は梢の上空が回るように感じられるめくるめく恐ろしい時間帯である。仰ぎ見る上空にはぽつんと一つ冬日がかかっている。このようにして次々と大樹が倒れるごとに周囲の空間は広がってゆくが、あいかわらず真上の空には冬日がぽつんとかかっているだけである。その冬日もしだいに西へと移ってゆき、やがて日暮は、

ひとら去り日も去り谺樹にのこる

ということになる。
この句は次々に躍るように倒れていく大樹の動と、仰ぎ見る上空にいつもぽつんと一つかかっている冬日の静との対照と、垂直的な上下の遠近感が鮮やかである。同様の光景を高柳重信は多行表記を用いて詠んでいる。

樹々ら
いま

切株となる
冴かな

（『黒彌撒』―「薔薇」昭29・11）

16

昼休み長きいっぽんの煙草すふ

『白泉句集』昭和十一年

初出は「句と評論」昭和十一年七月号で、「午やすみ長き一本のたばこ喫ふ」の表記。「わが生活のうた」という詞書のある五句中の第三句。他の四句は、

食券の赤くかなしき夏となりぬ
疲れては白きボールを投げあへり
夕青き運河わたりぬ工長と
休日の荒浪に遠く来て帰る

この年の三月、慶應義塾大学経済学部本科を卒業。四月に神田神保町一丁目一番地（現在、駿河台下の十字路の神田神保町一丁目一番地の角にある三省堂書店の所在地）の株式会社三省堂に入社

し、出版部に所属した。出版部長は、昭和二年入社の俳人阿部筲人で、新興俳句の同調者であった。慶応の経済といえば、今も昔も三井物産や三菱商事など大手企業と太いパイプで繋がっている。しかし、白泉は三省堂という出版業の職に就いたことで、最初からエリートの道は閉ざされていたし、白泉自身そういう道を求めなかった。都市中間層としてのサラリーマン生活の始まりであった。

三省堂は個人経営だった三省堂書店の出版・製造部門が、大正四年、株式会社三省堂として独立した会社だった。大正十四年九月に発行された金澤庄三郎編纂の中型国語辞典『廣辭林』は大ヒットし、戦前は全国のほとんどの旧制中学校が使用した。三島由紀夫が少年時代から愛用したことでも知られる(1)。

当時、白泉は金王《こんのう》八幡宮のそばの渋谷区金王町(現・渋谷区渋谷三丁目)三十八番地に父や継母と住んでいて、渋谷駅までは徒歩五分ほどだった。モダン都市東京は交通網が発展しており、路面電車の市電・高架線の省線・市バス・青バス(東京乗合自動車)・メトロなど、目的地に合わせて利用した。白泉は徒歩で渋谷駅まで行き、駅前から須田町行きの市電に乗り、赤坂見附・三宅坂・九段下を通って駿河台下で下車、すぐ近くの三省堂まで通勤した。

三省堂では新入社員をまず校正課に入れて仕事の基本を教え込む習わし(新人研修)だったので、白泉は蒲田の同社印刷工場に配属された(2)。この一連の「わが生活のうた」は、出版社に入社後の数ヶ月間、印刷工場で校正の見習い仕事に明け暮れする日常生活を詠んだものである。場所が下町の工場地帯である蒲田の印刷工場ということもあって、エリート社員とは異なる生活者の憂愁感が漂っている。

一時間ほどの昼休み。昼めしを終えた後、印刷工場の裏手の片隅で一本の長い煙草を吸って、しばしの憩いの時を過ごす。一本の煙草を「長き」と形容詞をつけ加えたところに俳意があり、生活者の小半時のはかない憩いと一種の哀感が暗示されている。

三省堂への就職は学生生活から勤め人への日常生活の変化だけでなく、俳句の交遊関係にも変化をもたらした。「句と評論」内で編集の補助や小澤青柚子と切磋琢磨するという生活から、首都圏の新興俳句の俳人たちの交流機関「新俳話会」の結成（昭9・11）や新興俳句誌「帆」の創刊（昭10・9）などを通して、西東三鬼・石橋辰之助・石田波郷・東京三（のち秋元不死男）らと句会で競い、ビヤホールで談論風発するなど、親交は広がり深まっていった。特に西東三鬼が昭和十一年三月から約一年間、毎月のように「句と評論」句会に出席するとともに、大井町の「帆」の句会でも毎月顔を合わせることになり、三鬼との親交が深まっていった。当時、三鬼は大森駅海岸口の小さな家で病後の療養中であったが、二人は意気投合して、白泉は毎日のように三鬼の家に入り浸る生活を送っていた。(3)

三鬼は当時を回想して、

夕方になると、新俳話会の新しい友、即ち渡辺白泉や、藤田初巳、高篤三等と蝙蝠のように街々を羽ばたいて歩いた。
大森の家には、毎晩、深夜に寝に帰るだけであつた。（略）
渡辺白泉は、出来たてのパンのような青年で、

　街燈は夜霧に濡《ママ》れるためにある
　鶏達《ママ》にカンナは見えぬかも知《ママ》れぬ
　憲兵の前ですべつてころんじ《ママ》やつた

等、自由な発想といきいきした表現で、私を驚かせた。

新俳話会を通じて、私達は俳句作家達の個性に、ジカに触れた。会は一カ月に一度だが、私は、京三、白泉、初巳、篤三等と、のべつ会つていた。私達は、海図に描かれていない航路を進む船に乗つていた。（「俳愚伝2・3」―「俳句」昭34・5～昭34・6）

と言っている。

17

夕青き運河わたりぬ工長と

『渡邊白泉句集 拾遺』昭和十一年

初出は前掲の「昼休み」の句と同じ「句と評論」昭和十一年七月号。

蒲田にある三省堂の印刷工場で、一日の校正見習業務が終わった夕方、工場長とともに海よりに歩いて、青色の豊かな水を湛えてゆったりと流れる運河を渡ったのである。海側には大きな京浜運河が流れていた。運河を「夕青き」と捉えたことで、たそがれどきの幻想的なイメージや情趣が感じられる一方、「運河わたりぬ工長と」とつづく一句全体の韻律やイメージからは憂愁感も感じられる。新入社員として校正見習でお世話になった工場長への思いが「夕青き運河」という美しいイメージに投影されているとも読み解けよう。この句を含めた「わが生活のうた」という詞書の一連の句は、白泉の今までの句に見られなかった、いわば白泉の生活俳句である。それは白泉が一つの方向として目ざした「赤のリアリズム」（社会性のある句）に繋がっていくものであった。

このころ、大井町駅東口のゼームス坂上の「住吉」という家で新興俳句誌「帆」の句会が開かれており、白泉はその句会で中台春嶺や細谷碧葉（のち源二）らと句を作り、盛んに論じ合っていた。(4) 中台や細谷は工場労働者であり、工場労働者の生活をリアリズムで表現する社会性のある句を目ざしていた。白泉が「生活のうた」のような生活俳句を新しく詠んだのは、印刷工場で校正の習得の業務に携わるという日常生活の変化にも因るが、中台や細谷からの刺激や影響もあったであろう。中台と細谷は工場生活者の現場に立脚して「赤のリアリズム」の句を詠んだ。

赤き日にさびしき鉄を打ちゆがめ　中台 春嶺「帆」昭11・11

鉄工葬をはり真赤な鉄うてり　細谷 碧葉「句と評論」昭12・2

18

休日の荒浪に遠く来て帰る

『渡邊白泉句集 拾遺』昭和十一年

初出は前掲の「夕青き」の句と同じ「句と評論」昭和十一年七月号。新入社員の研修として、毎日、印刷工場の一室でゲラ刷りを眺めて赤字を入れる単調な仕事をしてきた。一週間ぶりにめぐってきた休日、溜まった心身の疲れやストレスを発散すべく一人で遠出をしたのである。「荒浪に遠く来て」とあるので、岬や岩礁地帯などを訪れ、前方に広がる海を眺めて、解放感にひたろうとしたのだろう。日帰りできるそうしたエリアとしては、三浦半島の城ヶ島・剱崎・荒崎海岸、江の島の岩屋下の岩場、真鶴岬などを想定すればよい。

この句の読み解きのポイントは「遠く来て帰る」という叙法である。心身をリフレッシュして解放感にひたろうと思い、遠出して岬など海が眺望できるところまでやってきたが、岩場に激しく打ち寄せる荒波を見て帰ってきただけだった。「荒浪に遠く来て帰る」という行動だけを無表情に表わした叙法からは、心が解放された高揚感とは逆の空虚感、徒労感が伝わってくる。

この叙法は白泉が習得した得意とするものであった。

提燈を遠くもちゆきてもて帰る　「俳句研究」昭13・12
石橋を踏み鳴らし行き踏みて帰る　「京大俳句」昭14・5

前句は日中戦争における漢口陥落祝賀行事として、昭和十三年十月二十六日の夕刻から行われた提燈行列を詠んだもの。日比谷公園から出発して宮城前、九段下を通って靖国神社に至るというコースだった。この句の叙法は「休日の」の句と同様で、提燈行列への深い徒労感が表現されている。後句は、石橋を踏み鳴らして勇んで出征していった兵隊が戦場で斃れ、白い布に包まれた遺骨を胸にかかえた遺族がしずしずと石橋を踏んで帰ってくるという長いスパンの物語内容になっている。この句のモチーフも戦争の空しさと徒労感である。

かげふかき羊にあへり岬ゆきて

『渡邊白泉句集 拾遺』昭和十一年

19

初出は前掲の「休日の」の句と同じ「句と評論」昭和十一年七月号。「人力車その他」という詞書のある六句中の第四句。

この句も休日に遠出をして、海に突き出た岬を訪れたときのものだろう。私は房総半島の最南端南房総に生まれ、高校時代までそこで過ごしたが、「岬」といえば海に突き出た地形で、白い灯台や眼下に広がる青い海と合わさって陽光の溢れる明るいイメージが伴う。ところが、この句では「かげふかき羊にあへり」と表現されることで、なにか翳りのある物悲しい憂愁感が感じられる。そして、それがこの句の魅力であり、読者が惹きつけられるところである。「かげふかき羊」は現象的な事実としては、岬の明るい陽光を逆光に受けたため翳りが深いのかもしれないが、羊のそういう客観的な姿をイメージするよりも、何かもの悲しい憂愁感を抱いた語り手である主体の心の反映として読み解くほうが、この句にただよう翳りが深く心に滲み込んでくるだろう。

20

三宅坂黄套わが背より降車

『白泉句集』昭和十一年

初出は「句と評論」昭和十一年十二月号。八幡船社版『渡邊白泉集』（昭41）にも収録。稿本句集『白泉句集』（昭44）では「通勤景観 三句」という詞書のある冒頭句。初出では「通勤景観」という詞書のある五句中の第三句。他の四句は、

朝夕をわれら和めり絵画館
外濠は蒼し市電に沿ひなれぬ
夜業せしあした宮城の杜長し
益次郎中空に銹び青き土曜

「三宅坂」の句を含めてこの五句は全て勤め先の三省堂に着くまでの市電の通勤途中で目にした景観を詠んでいる。白泉の通勤コースは、前に三省堂に入社したときに触れているが、

もう一度確認しておこう。父や継母と暮らしていた家は渋谷駅から徒歩五分ほどの金王《こんのう》八幡宮の近くにあった。渋谷駅前から須田町行きの市電に乗り、明治神宮前・赤坂見附・三宅坂・半蔵門・三番町・九段上などの各停留所を通って駿河台下で下車。そのすぐ近くの十字路の角（神保町一丁目一番地）に三省堂出版部はあった。

この五句に詠まれた通勤の市電からの景観は通勤コースの順に詠まれている。その景観について簡単にコメントすると、「朝夕を」の句は「明治神宮」停留所あたりを通過したとき、銀杏並木の通りの正面に見えた「聖徳記念絵画館」の堂々たる景観。中央にドームが聳えるのが印象的である。「外濠は」の句は豊川稲荷前・赤坂見附・平河町二丁目を通過したときの外濠の景観。赤坂見附では蒼く豊かな水が眼前に見えただろう。「三宅坂」の句は近くに陸軍参謀本部がある「三宅坂」停留所で黄色の外套に身をつつんだ一人の将校が下車した光景。「夜業せし」の句は「三宅坂」から「半蔵門」を通過して「三番町」へと内濠に沿って北上する車窓から眺めた「宮城」をつつむ緑の樹々の景観。「益次郎」の句は靖国神社の参道の中央に樹々よりも高く聳える大村益次郎の銅像を、「九段坂上」停留所あたりを通過するときに眺めた景観。

さて、肝心の三宅坂の句だが、この句を読み解くには昭和十年代の陸軍の組織や軍人の階級について歴史的な補助線を引かなければならない。

「三宅坂」は陸軍参謀本部の所在地。参謀本部は軍隊を統率・指揮する最高機関で、作戦会議などを行った。したがって、「三宅坂」は市電の「三宅坂」停留所を表わすとともに「陸軍参謀本部」を喚起し、暗示する言葉である。「黄套」は一義的にはカーキ色（黄土色）の外套を表わすが、これは一般に換喩と呼ばれる比喩で、ある物を表わすのに、それと深い関係にある事物で置き換える修辞法。この場合は、カーキ色の外套を着用する人物は陸軍の将校（少尉以上の武官）なので、陸軍将校を意味する。

そういう旧日本陸軍に関する歴史的な補助線を踏まえて、この句を読み解くと、通勤途中、「三宅坂」停留所で市電が停車したとき、カーキ色の外套をひるがえして一人の将校がこの句の語り手である「わたし」の背後から下車した、という一場面である。客観的、即物的、に一将校の行動だけを表現しているが、この句の狙いはその瞬間の心理表現にある。吊り革につかまっている「わたし」の背後から陸軍将校が下車したとき、威圧感や一種のおそれを感じたのである。不安やおそれを最も敏感に感じる背筋でもってそれを捉えたところが卓抜である。白泉はすでに、

赤き犬ゆきたる夏の日の怖れ　「句と評論」昭10・10

という心理俳句を詠んでいるが、この「三宅坂」の句は心理俳句の傑作である。この句の背景には、同じ年に陸軍皇道派の青年将校らが一四〇〇人余の下士官・兵を率いてクーデターを決行し、高橋是清蔵相ら政府要人を殺傷し永田町一帯を占拠した2・26事件以後、軍部政

治や軍人への一般市民の漠然とした不安とおそれがあった。
ちなみに、心理俳句も新興無季俳句が目ざした一分野であった。

水枕ガバリと寒い海がある　西東三鬼「天の川」昭11・3

子を殴《う》ちしながき一瞬天の蟬　東京三「俳句研究」昭14・10

も、白泉の「三宅坂」の句と並んで心理俳句の傑作である。

墓地越えて三聯隊の寝る喇叭

『白泉句集』昭和十一～十二年

21

初出は筑摩書房版『現代俳句集』（『現代日本文学全集』91・昭32）に収録された「渡邊白泉集」で、「墓地越えて三聯隊の寝る喇叭《らっぱ》」の表記。八幡船社版の『渡邊白泉集』（『私版・短詩型文学全集⑤』・昭41）では『白泉句集』と同じ表記。『白泉句集』には「青山はわが少年期のふるさと」という詞書が記されている。
この句の制作年は明確には確定できないが、「聯隊のむかふ《(ママ)》で買つてきた日記」（「傘火」

および「早稲田俳句」昭11・1）や、「春の雪春の青山の上にふる」（「風」第二号、昭12・6）などの句から推して、昭和十一、二年ごろの作だと思われる。

この句を読み解くには白泉が少年時代を過ごした東京市赤坂区青山南町界隈の地理と、そのころの陸軍軍隊の日常生活という二つの歴史的な補助線を引いてみなければならない。白泉が生まれた青山南町（現・港区南青山三丁目・四丁目あたり）の東側には広い青山墓地（現・青山霊園）が隣接してあり、さらにその東側には日本陸軍の「歩兵第三連隊」の兵舎（現・国立新美術館）があった。軍隊の日常生活は「起きるも寝るも皆喇叭」と言われたように、起床喇叭から就寝（消灯）喇叭まで喇叭の音と共にあった。軍隊喇叭はビューグルと呼ばれる単純な構造の真鍮製の金管楽器で、甲高く、遠方まで響いた、という。

白泉の家から歩兵第三連隊の兵舎まではかなりの距離があるが、起床喇叭や就寝喇叭の音は広い青山墓地を越えて聞こえてきたのである。特に就寝喇叭は夜の静寂の中で、よく聞こえたであろう。白泉はそういう軍隊喇叭を聞きながら少年時代を過ごしたのであり、この句は就寝喇叭を通して少年時代への懐かしさが詠まれている。

春の雪春の青山の上に降る

『白泉句集』　昭和十二年

22

初出は新興俳句同人誌「風」第二号（昭12・6）で、「春の雪春の青山の上にふる」という表記。初出では「春季雑詠　五句」という題のある五句中の第一句。

この句は、一見、薄緑色に萌え出た春の山に春の淡雪が降る光景だけを詠んだ句のように見える。緑と白の対照も鮮やかで、鑑賞に迷う余地はどこにもない、とも言えよう。もちろん、そういう一義的で明快な読みも、あながち誤りとは言えない。

だが、この句をより精緻に読み解くには、白泉がこの句の「青山」にこめたダブルイメージと、それによる思いを捉えなければならない。そのためには、すこし遠回りになるが、昭和十五年五月三日の「京大俳句」弾圧事件（第二次）における白泉の検挙と、それに伴う不運な句集『青山』という俳壇史の補助線を引かなければならない。すなわち、昭和十五年、河出書房でアンソロジー『現代俳句』全三巻の出版が企画され、第三巻には新興俳句を代表する俳人として日野草城・西東三鬼・藤田初巳・渡邊白泉・富澤赤黄男・篠原鳳作の六人がリストアップされた。先に刊行された第一巻（昭15・4）と第二巻（昭15・5）の最後の頁には、白泉の収録予定の句集も『青山』という名前で広告されていた。ところが、白泉が同年五月三日に検挙されたため、『青山』は急遽、東京三（のち秋元不死男）の『木靴』と差し替えられ、『現代俳句』第三巻は同年六月十二日に発行された。

この不運な句集に「青山」と句集名を付けたのは、この「春の雪」の句に因っている。それは薄緑色に萌え出た春の山に淡雪が降る早春の息吹が感じられる鮮やかな光景に愛着を抱いたというよりは、少年時代を過ごし郷愁をかき立てるふるさと「青山」に懐かしい愛着を抱いたからであろう。

このように不運な句集『青山』のいきさつを踏まえて「春の雪」を読み解くと、「青山」の表現には春の息吹が感じられる薄緑色の山のイメージと、その背後にある懐かしいふるさと「青山」のイメージとが重ねられている。というより、春の山に淡雪が降る眼前の光景の奥に少年時代の懐かしいふるさと「青山」をたぐり寄せているのだ。レトリック面ではくりかえしを用いた軽やかでリズミカルな韻律が春の淡雪が次々と舞い落ちてくるイメージや樹々の緑が萌え出た早春の光景と照応している。

中村草田男は二十年ぶりに母校青南小学校を訪れ、「降る雪や明治は遠くなりにけり」（「ホトトギス」昭6・3）と詠み、景と情の取り合わせによって、眼前に舞う雪から茫漠たる往時へと思いを馳せた。白泉は前方の鮮やかな早春の光景の奥に懐かしいふるさとへの郷愁を重ねた。表現方法は違っても、モチーフは通じている。

ところで、この句の初出は新興俳句同人誌「風」であった。ここで「風」について触れておこう。「句と評論」の主要な新鋭俳人六人（小澤蘭雨・小澤青柚子・渡邊白泉・小西兼尾・熊倉啓之・桜井武司）は昭和十二年三月に揃って同誌を脱退した。そして、同年五月に白泉を中心にして六人で同人誌「風」を創刊した。創刊の主旨は大結社主義を排し、自由主義の下、作品第一主義によって新風を開こう、ということであった。

白泉らをそういう行動へ衝き動かした動因は定かではない。三橋敏雄は「「句と評論」の内部で多くの先輩に伍して行くよりも、自ら恃む青春の血気を、敢えて「風」に賭けようとしたのではなかったか。」（「噫 渡辺白泉」―「俳句研究」昭44・3）という。また、「句と評論」の重鎮湊楊一郎は「新興俳句の優れた若武者たちは、その先輩や指導者たちから、俳句の作り方は習ったが、その内容である「詩」を教えられなかった。（略）（新興俳句の中に）序列ができ、機構ができ、体制が出来上りつつあった。雑詠という古い悪制度も改善されなかった。若い純粋な作家たちが、この新しいが旧い体制に無意識に圧迫を感じていた筈である。」（「私説・渡辺白泉」―「俳句研究」昭44・3）という。

「風」の創刊主旨と、三橋・湊の見解を合わせて考えてみると、「句と評論」内の俳人の序列や結社主義による抑圧感や不満、「句と評論」の中枢であった旧世代の松原地蔵尊や湊楊一郎らは良識派ではあっても、本質的に白泉や青柚子のような詩人ではなかったこと、そこに白泉らの「句と評論」脱退、「風」創刊の主因があったのではないか。

23

九段坂田園の婆汗垂り来《く》

『白泉句集』昭和十二年

初出は「風」第三号（昭12・8）で、「靖国神社　二句」という詞書のある二句中の第二句。

この句は「九段坂」が鑑賞のキーワードだが、「九段坂」という言葉の歴史的な喚起力は今日も失われていないので、多くの読者に読み解ける。「九段坂」は靖国通りにある九段下から九段上に通じる坂であるが、ここでは換喩の働きをしている。すなわち、「九段坂」はその坂上にある靖国神社を読者に読み取らせるサインである。そして、もう一つ読解で重要なのは、モチーフを意図的に匿した句であり、その匿されたモチーフを正確に捉えなければならないことである。靖国神社は明治維新から太平洋戦争に至る戦死者二四〇万余柱の霊を合祀する神社。この老婆の身内にも英霊となった者がいたのだろう。その霊が合祀されている靖国神社に御参りに行くことは、イデオロギーを超えて、日本の母（老婆）にとって極めて自然な心情だった。白泉は、遠い田舎から上京し、汗を垂らしつつあえぎながら九段坂を上る老婆の姿を描いた。地上には小さな老婆のさらに小さな影が濃く落ちているだろう。

その老婆の姿を表面に描くことで、老婆の哀切な思いに肉薄するとともに、その裏に戦争を空しとする思いをも込めたのである。この句は白泉をはじめ新興無季俳句を推進する俳人たちが目ざした「赤のリアリズム」（社会性の表現）を戦争にかかわる社会性の表現によって実現した句である。
　短小な俳句形式によっていかに社会性を表現するか。その表現方法の確立は、新興無季俳句の俳人たちが直面した難問《アポリア》であった。「青のリアリズム」（モダンな感覚や抒情の表現）の先駆けは高屋窓秋だったが、この社会性の表現の領域でも、その先例は高屋窓秋の『河』（昭12）であった。社会の底辺に生きる疲弊した若い母とその嬰児に焦点を当てたこの書下ろしの句集は、その表現意図において先駆的であったが、表現方法としては感傷的な思い入れが強すぎた。

　　私生児よ母がこの世に残せしもの
　　花 か げ の 埋 葬 遥 か な る 歌 よ

これらの詠嘆調が感傷的な思い入れの強さを物語っている。
白泉は『河』を評して、

　作者が未だこれ（注・感傷）に居をおく限り、その狙ふ社会的現実を如実に把捉し、新たなる立場に立つ芸術的創造をなすことは不可能だ。（「風」第二号、昭12・6）

と断じた。この鋭い批評は白泉に跳ね返ってくるものだが、白泉は感傷に溺れずに社会的現実を表現する様々な独創的な表現方法を創出していった。その一つがこの「九段坂」の句である。この句は感傷的な思い入れは一切ないリアリズムの句である。俳句における社会性の表出という困難な課題に関して、白泉はその認識と方法において窓秋を超えたのである。

この年の七月七日、北京郊外で起こった盧溝橋事件を発端に日中戦争が勃発した。これを契機に俳壇では新興無季派のみならず、伝統派・中間派・自由律など流派を問わず、戦争俳句が盛んに詠まれるようになった。白泉はその戦争俳句の表現などを通して、次々と様々な独創的な表現を創出していったが、それについてはその該当句の鑑賞において触れていこう。

24

駈ける蹴る踏む立つ跨ぐ跳ぶ転ぶ

『渡邊白泉句集 拾遺』昭和十三年

初出は「風」第六号（昭13・3）で、「運動」という題のある三句中の第三句。他の二句は、

凝視する仰ぐ瞬く張る瞑る

抱く掴む投げる引つぱる振る殴る

これらの三句は白泉が得意とする動詞の多用で作られている。しかも全てが動詞の連続技で、三句セットになっている。「運動」という題が示すように、人間が肉体の部分の機能を使った様々な運動、作用が主題となっている。運動をする肉体の部分で基幹となる足と腕（手）、そしてそれをつかさどる目に焦点を絞り、それぞれの様々な運動を連続的に表現している。三句とも俳句の定型を支える韻律と連続的な運動との融合に表現の工夫が凝らされているが、特に「駈ける蹴る」の句はその融合が絶妙で、次々と変化する連続的な運動がよく伝わってくる。人間が生きることは、絶えず運動することである。白泉はその人間存在と切り離せない肉体の運動、作用に着眼して、果敢に実験的な文体創出に挑戦した。こういう文体を試みたのは白泉以外にはいない。

遠き遠き近き近き遠き遠き車輪

『白泉句集』昭和十三年

25

初出は「風」第七号（昭13・4）。筑摩書房版『現代俳句集』（昭32）にも収録。初出では「車輪」という題のある三句中の第二句。他の二句は、

車輪六個静かなる地に轟けり
車輪黒し触れて冷たし押して重し

この「遠き遠き」の句は、山口誓子の即物主義と高屋窓秋のキーワード主義（この句の場合は「車輪」）を踏まえて形容詞の同語反復に変化を交えた巧みなレトリックにより、車輪を動画的に捉えた新表現である。先輪四個・動輪六個・従輪二個を持つ機関車（通称パシフィック）に牽引された軍用列車が遠くから近づいてきて、轟音とともに眼前を通過し、遠ざかってゆく。「遠き遠き近き近き遠き遠き」という巧みな同語反復が、近づき遠ざかる軍用列車の臨場感を高めている。それは、やがて自分たちを戦場に連れ去るような不安感を感じさせる。

西東三鬼は昭和十二年七月七日に勃発した日中戦争に素早く反応して、翌月には、「京大

俳句」八月号に、

兵隊が征くまつ黒い汽車に乗り

を発表した。また、山口誓子は、

新興無季俳句はその有利な地歩を利用して、千載一遇の試練に堪へてみるがよからう。銃後に於てよりも、むしろ前線に於て、本来の面目を発揮するがよからう。刮目してそれを待たう。もし新興無季俳句が、こんどの戦争をとりあげ得なかつたら、それはつひに神から見放されるときだ。（「戦争と俳句」──「俳句研究」昭12・12）

と、新興無季俳句陣営を挑発した。戦争を詠む場合、新興無季俳句は「有利な地歩」を占めると誓子が言う理由は、季題趣味との結合による伝統俳句や、季感との結合による新興有季俳句に対し、新興無季俳句は詩感とのバランスをとって十七音を存分に駆使できるからである。

日中戦争勃発を契機にして俳壇全体に戦争俳句が流行したとき、「前線（戦地）で詠む句は現実感があるが、前線を想像力で詠む戦火想望俳句はそれが希薄だ」という批判が主に伝統俳句陣営から相次いだ。文学的なリアリティーの有無の問題を俳人が戦地にいるか否かという文学以前の問題と癒着させた誤った認識に対して、文学的リアリティーについて明晰な認識を持ちえていたのは山口誓子と白泉の二人であった。

誓子は、

実感であらうが虚感であらうが、それが再組織された瞬間に文学の実感に化けて来る。

（「戦争と俳句」既出）

と文学的な正論を述べた。白泉も、

銃後の作家諸君、萎縮するべからず。芸術以前の現実の世界に於ける実感の有無の問題は、芸術作品の価値の世界に於て尊ばるべき「実感」の有無に対しては、つひに毫厘の重要性をも形造るものではないから。——出征作家に実感の天地があれば、銃後の作家には想像の世界があり、此方に写実の精確に恃み得るの利があれば彼方に自由奔放の構想を肆にし得るの長がある。（略）銃後の作家は、優れた前線俳句を制作するためには、これを単にニュース映画や事変写真帳などから「盗みとる」のみにとどまらず、進んでこれを各自の脳髄自体の内部から剔抉し出すの工夫をもまた必要とする（「前線俳句の収穫」—「俳句研究」昭13・4）。

と、同じく文学的な正論を主張した。そしてその主張どおり、ニュース映画などに取材するのみならず、自らの脳髄の内部から想像力を駆使して戦争の本質・非情さ・空しさを捉えた詩的現実感のある句やその象徴的な普遍性を獲得した句を数多く創り出した。

26

銃後といふ不思議な町を丘で見た

『白泉句集』昭和十三年

初出は「風」第七号（昭13・4）で、「雑」という詞書のある六句中の第二句。初出における表記は「銃後と言ふ不思議な街を岡で見た」。筑摩書房版『現代俳句集』（昭32）および八幡船社版『渡邊白泉集』（昭41）の表記は『白泉句集』と同じ。

「銃後」とは「前線」の対義語で、戦場から遠く離れた本国にいる一般国民や国内をさす戦争用語である。そこには、「銃後の護り」という言葉が示すように、前線で戦う将兵を背後で護り支える全臣民、全赤子《せきし》という皇国国家の言説が意図されている。「銃後」と「前線」という語は、国家の総力を挙げて一丸となって戦うべく、国民精神総動員という全国民の尽忠報国精神の高揚を意図するとともに、戦場の将兵と本土の国民を一体化させる言説と言っていい。

中国戦線は、昭和十二年十一月中旬、上海から総退却した中国軍を追って日本軍の各師団が争って追撃に移り、十二月中旬には南京を占領した。国民政府はすでに十一月、主要機関を奥地の武漢三鎮（武昌・漢口・漢陽の三都市）に移して抗戦を続けたので、戦いは長期戦の様相を呈していった。

そうした戦線の拡大、長期化に伴い、本土の市や町では、銃後の護りを固めるため、「国防婦人会」「愛国婦人会」「銃後奉公会」などが結成され、防空演習も日常化していった。市や町の中に住む国民にとって、銃後の護りという共同体に生きることは何の不思議もない日常的な光景だった。

この句は銃後の町や国民のそういう情況を踏まえ、その共同体から抜け出し、いわば異邦人として丘の上から銃後の家並みを見下ろした句だ。眼下の家並みはひっそりと静まり返っているが、家々や人々はみな、尽忠報国の国民精神の下の銃後の護りを固めている不思議な町として目に映る。この句の生命は、日常と化した銃後の町を「不思議な町」とするイロニイによって鋭く捉えたところにある。もちろん、そこには白泉の時代情況に対する強い違和感と批判精神が込められている。

この句の「街」の表記は、初出の「風」第七号（昭13・4）では「街」であるが、戦後の筑摩書房版『現代俳句集』（昭32）では「町」と改められた。これは同『現代俳句集』に自選句を収録するときに表記を改めたのではなく、戦時下、戦局が太平洋戦争へと拡大する中で、銃後の護りも市や町の行政単位で町内会や隣組などが結成され、思想統制や住民同士の相互監視態勢が強化されるという「不思議な町」と化した情況が出現したときに改めたのだ、というのが私の読み解きである。

27

遠い馬僕見てないた僕も泣いた

『白泉句集』　昭和十三年

初出は前句と同じ「風」第七号（昭13・4）の「雑」という詞書のある六句中の第三句で、「遠い馬僕見て嘶《な》いた僕も泣いた」の表記。筑摩書房版『現代俳句集』（昭32）では『白泉句集』と同じ表記。八幡船社版『渡邊白泉集』（昭41）では「遠い馬僕みてないた僕もないた」の表記。

白泉はいろいろな馬を詠んでいる。

臀肉が躍りゆき馬がをどりゆき　　「句と評論」昭10・11

これは前に読み解いたようにサーカスの馬を詠んだもの。

青い棒を馬がのつそりと飛びこえる　「京大俳句」昭14・4

馬場乾き少尉の首が跳ねまはる　〃

これは馬場の馬。大作「支那事変群作」（「広場」昭13・6）では日中戦争の戦場へと徴発された軍馬の戦死を一連の戦闘の中に詠み込んでいる。

白き馬海わたり来て紅の馬に

四つの脚天へ駆けあがり戦死せり

貌長き獣が坐しし戦死なり

長き頰を鬣を地に横たふる

では、この句の「遠い馬」はどういう馬なのだろうか。どんな馬か、どんな情況なのか、何も限定されていない。遠いところにぽつんといる馬のイメージでも十分詩的に感受でき、鑑賞できる。だが、日中戦争が長期化していく時代背景を踏まえて、中国戦線へと海を渡って徴発されていく軍馬を想定して読み解くのが、最もふさわしいだろう。

日中戦争が勃発すると、多くの兵隊とともに多くの軍馬が徴発され、海を越えて中国大陸へ渡り、戦死していった。この句の「遠い馬」も、帝国陸軍に徴発された軍馬が遠いところで物悲しく断いたのである。「僕見てないた僕も泣いた」という一種おどけたような表現をとることで、徴発馬への哀感と戦争への言い知れぬいきどおりを表現している。ちなみに、「句と評論」および「風」で親交を深め、良きライバルとして詩才を競った小澤青柚子も、この句の一ヶ月前の「風」第六号（昭13・3）で、

ものいはぬ馬らも召され死ぬるはや

と詠んでいる。

海坊主綿屋の奥に立つてゐた

『渡邊白泉句集 拾遺』昭和十三年

28

初出は前句と同じ「風」第七号（昭13・4）で、「雑」という詞書のある六句中の第四句。この句を見たとき、誰もが白泉の最も有名な、

戦争が廊下の奥に立つてゐた　「京大俳句」昭14・5

を思い浮かべるだろう。一句の構造、文体はほぼ同じである。上五を「海坊主」と切字的な休止を置いた表現と、「戦争が」と散文的な表現で主語を提示したところがわずかの違いだ。だが、両句のイメージ、雰囲気、読み手に与えるインパクトはかなり違う。もちろん、その違いは「海坊主綿屋の奥に」と「戦争が廊下の奥に」にある。

「海坊主」は海上に現われるという頭の丸い、体長二メートル以上の大坊主の化け物。漁師がこれに遭遇したときには、おそれと不吉な予感を抱いたという。「綿屋」は綿を商う家。やわらかく、ふわふわとした、白い綿のかたまりと、丸坊主の妖怪との間にはアナロジー(類似)が働いている。その海坊主が陸上の綿屋に現われたのである。白い綿が入った大きな包みがいくつも置かれている綿屋の奥座敷に巨大な海坊主が、ぬっと立っているイメージは不気味で、おそろしい雰囲気に包まれる。他方、「戦争が廊下の奥に」の方は、「戦争」という抽象語を用いた直接的な表現で、「戦争」という化け物がうす暗い廊下の奥に突如出現したことで、不気味な雰囲気が漂うというよりは、直接的に身体的な戦慄感を与える。

では、この句はどう読み解いたらいいのだろうか。陸上にもあがった海坊主が綿屋の奥座敷にぬっと出現したという不気味なおそろしさ。この超現実的なイメージは、当然、暗喩として読み解かなければならない。日中戦争が長期化の様相を呈する時局において、国内では国家統制・思想統制・大学、団体、結社等への弾圧など国家権力の独裁が強まった。そういう閉塞の時代へと向かい、一般庶民の日常がおびやかされてゆくおそれ、不気味な雰囲気が、

「海坊主」の暗喩であろう。白泉はそれに鋭敏に反応したのである。

赤く青く黄いろく黒く戦死せり

『白泉句集』昭和十三年

29

初出は「広場」昭和十三年六月号。「支那事変群作――篠原鳳作の霊に捧ぐ――」と題する全一一六句で構成された大作中、皇軍の兵隊たちの戦死を表わした十句から成る章の冒頭に据えられた一句。初出表記は「赤く蒼く黄色く黒く戦死せり」。

「支那事変群作」は副題に「故篠原鳳作の霊に捧ぐ」とあるように新興無季俳句の先駆者としてその推進に挺身するも、病により夭逝した鳳作（昭和十一年九月十七日没。享年三十歳）の霊に捧げたもの。それは鳳作の遺志を継ぎ、実作で応えたものであった。鳳作は新興俳句の俳誌「天の川」（福岡）と「傘火」（鹿児島）に所属し、母校鹿児島二中（現・県立甲南高校）の英語教師をしていた。二人は東京と鹿児島と距離的には遠く離れていたが、手紙や俳誌を通して新興無季俳句を推進する同行者として篤い友情で結ばれていた。鳳作の死の翌年の五月、白泉は小澤青柚子らと同人誌「風」を創刊したとき、鳳作へ一部贈ることにした。好晴の日一冊を灰にして青柚子と僕と二人の手から風船と共に天上せしめる手筈になつてゐる。（「風」創刊号の「編集後記」）

と、友人・同行者としての鎮魂の美しい儀式を行った。

ところで、「支那事変群作」は壮大な構想の下に、日中両軍の戦闘を想像力と自ら創出した多様なレトリックを駆使して、全十一章（章名は記されていないが）で構成した、いわゆる戦火想望俳句である。その各章による内容の展開を簡潔に示せば、①東海の火山島（日本国）で平和に暮らしていた農民や漁民たちが召集され、輸送船に乗せられ、中国大陸へ向かう→②皇軍の兵隊たちが中国戦線で様々な戦闘をくりひろげる→③皇軍の兵隊たちの様々な「突撃」行動→④皇軍の兵隊たちの様々な姿態での戦死→⑤皇軍の軍馬の様々な姿態での戦死→⑥天空の飛行機による戦闘→⑦中国兵の様々な姿態での戦死→⑧野戦病院に収容された皇軍の傷兵の様々な姿態と、傷兵の眠りの中に現われる幻像→⑨皇軍の兵隊たちの墓標→⑩皇軍の塹壕の様々な光景→⑪中国軍の全滅の様々な光景。

これほどの壮大なスケールで戦火想望俳句を構成したものは、この「支那事変群作」以外ない。スケールの大きさは白泉の大作には及ばないが、三橋敏雄も即物的手法を駆使して「戦争」と題する全十二章五十七句から成る戦火想望俳句（「風」第七号、昭13・4）を作っていた。

白泉の「支那事変群作」は三橋の「戦争」に刺激を受け、構想されたものだったと思われる。

この「赤く青く」の句のポイントは、「赤く青く黄いろく黒く」をどう読み解くかにある。この表現は白泉が得意とする原色的な色を表わす形容詞を次々と屈折させ連続させてゆくレトリックである。その読解には、いくつかの補助線を引いてみなければならない。この句は前に触れたように、第四章の皇軍の兵隊たちの様々な姿態での戦死を表現した全十句の冒頭句。二句目から十句目までは、

　薄暗き大腿を立て戦死せり

など、戦死した兵隊たちの具体的な姿態の表現になっている。同じく次の第五章は皇軍の軍馬の様々な姿態での戦死を表現した全六句であるが、冒頭に「白き馬海わたり来て紅の馬に」を据え、二句目以後は、

　四つの脚天へ駆けあがり戦死せり

など、戦死した軍馬の具体的な姿態を表現している。すなわち、この二つの章の構成は冒頭に戦死した兵隊や軍馬を統括した句を置き、二句目以後は、それぞれの具体的な戦死の姿態を連ねたものになっている。

もう一つ、「赤く青く」の句と類似の表現の句として、

赤の寡婦黄の寡婦青の寡婦寡婦寡婦　「俳句研究」昭13・12

がある。

以上の補助線を踏まえて、「赤く青く黄いろく黒く」は、中国兵の攻撃を受けて次々と戦死していった様々な兵隊たちを総括的に表現したもの、と読解するのが妥当であろう。

とはいえ、用心深く、もう一つ別の補助線も引いておこう。「支那事変群作」の第三章では皇軍の兵隊たちの「突撃」の様々な行動が、動詞を次々と屈折させ連続させていくレトリックによって表現されている。たとえば、

突撃の跳び刺し転び撃ち転ぶ

これは一人の兵隊が「突撃」してゆくときの様々な行動表現である。この補助線を踏まえれば、「赤く青く黄いろく黒く」の表現は、銃弾を受け地上に斃れた一人の兵隊の血まみれの顔が、時間の経過とともに変色していく様を表現したものとなる。その読解の方が、即物的でリアルな臨場感が直接的に伝わってきて、インパクトが強い。群作の構成中からこの一句だけを抜き出して鑑賞するならば後者の読解の方が冷徹な詩的リアリティーが上まわる。だが、群作の構成による白泉の意図を踏まえれば、やはり前者の読解が妥当であろう。東海の火山島に平和に暮らす農民や漁民たちが戦争に召集され、日本兵の死や中国兵の死を経て、

中国軍の全滅に至るまでの壮大な戦争絵巻を描いた白泉の意図は、日本軍の戦勝を賛美する聖戦俳句とは真逆の戦争の徒労、空しさにあった。

白泉らの戦火想望俳句の試みに対しては、主に有季派から批判が相次いだ。曰《いわ》く「前線での句は現実感があるが、戦火想望俳句はそれが希薄だ」（皆吉爽雨・西島麦南・佐々木有風）、「フィクションは許されぬ」（加藤楸邨）、「生活を遊離したものだ。もっと身近なものを詠め」（楸邨・中村草田男）と。さらに草田男には「前線で命を投げ出している人に誠に済まぬ」といった、文学と道徳を混同した発言もあった。

これに対して、白泉は、すでに触れたように、芸術以前の現実の実感の有無は芸術作品の実感の有無に対して少しも重要性を持つものではない、銃後の作家には想像の世界があるという覚醒した文学的な認識を持っていた。そして、座談会「戦争俳句その他」（出席者、白泉・草田男・有風・楸邨・三鬼・石橋辰之助──「俳句研究」昭13・8）においても、楸邨に対して、

作者の肉体の傍にあるものをうたふことが、最も、よく、実感を捉へ得るものである、

といふのなら、不賛成ですね。

と、文学的な正論を主張した。

30

白き馬海わたり来て紅の馬に

『渡邊白泉句集 拾遺』昭和十三年

初出は前句と同じ「広場」昭和十三年六月号の「支那事変群作」。前句でも引用したように、第五章の皇軍の軍馬の戦死を表わした五句中の冒頭句。他の四句は、

四つの脚天へ駆けあがり戦死せり
貌長き獣が坐しし戦死なり
長き頬を鬣を地に横たふる
地に並び其の馬は隆く戦死せり

出征する兵隊たちとともに多くの軍馬が徴発された。新興俳句誌「旗艦」（大阪）の俳人指宿沙丘（のち榎島沙丘）が、

青空へ吊られて軍馬嘶けり　「旗艦」昭12・8

と詠んだように、重い軍馬は軍港で重機で高く吊られて輸送船に積み込まれ、海を渡った。

この句は、白い毛並みの軍馬が中国大陸の戦場で銃弾や砲弾を浴び、真赤な血潮にまみれて大地に斃れた様を表現している。下五の「紅の馬」による美しい毛並みの白馬が赤く血に染まるイメージと、軍事国家の強権により否応なく徴発され、はるばると海を渡って来たことを表わす中七の「海わたり来て」の表現が、白馬への哀切感を高めている。

この句を含む第五章の構成はすでに前句で触れたように、この冒頭句で総括的に軍馬の戦死を表わし、第二句以下で具体的に軍馬の様々な姿態での戦死を表わしている。

繃帯を巻かれ巨大な兵となる

『渡邊白泉句集 拾遺』昭和十三年

31

初出は前句と同じ「広場」昭和十三年六月号の「支那事変群作」。第八章の野戦病院に収容された傷兵の様々な姿態と傷兵の眠りの中に現われた幻像とを描いた十句中の冒頭句。「支那事変」（日中戦争）が長期化するとともに、日本国内での英霊帰還や、中国戦線の各地で負傷した兵隊たちの野戦病院に収容される光景が日常化していった。

白い繃帯でぐるぐる巻きにされ、巨大な兵と化して聳え立っているイメージが目に浮かぶ。

「巨大な兵となる」という把握に白泉特有のイロニイがある。戦場では小さな存在にすぎなかった一人の兵隊が、負傷して繃帯を巻かれることで巨大な白衣の勇士として聳え立つ、というイロニイである。

「巨大な兵」が意味するものを、負傷すること、つまり兵隊として無能になることで初めて国家に対峙する巨大な存在となった、とする解釈もある。しかし、尽忠報国を全うできない存在になって、初めて尽忠報国を背負って立つ巨大な存在となった、という読み解きの方がイロニイは痛烈であろう。そこには戦争行為を徒労とする痛烈な批判精神が存在する。

この第八章には、もう一つ注目すべき句が詠み込まれている。

看護婦の胸が現れ消えあらはれ
看護婦の胸の小山を攀ぢて墜つ
看護婦の胸の広野に母が立つ

これらは野戦病院に収容された負傷兵の眠りの中に現われた幻像であるが、それは戦場での禁欲生活を強いられる兵隊たちのリビドー（抑圧された意識下にある性的衝動）を形象化した幻像である。負傷した兵隊をベッドのそばで手当てしてくれる従軍看護婦の豊かな胸や、その胸の小山を小人となって攀じ登ろうとして墜ちる兵隊、看護婦の大きく広い胸に立ち現れた小さな母。これらの幻像が哀切である。戦場の兵隊のリビドーをこのような哀切な幻像として詠んだ俳人は、白泉以外にはいない。

全滅の大地しばらく見えざりき

『渡邊白泉句集 拾遺』昭和十三年

32

初出は前句と同じ「広場」昭和十三年六月号の「支那事変群作」。第十一章（最終章）の「敵軍全滅」の様々な光景を描いた八句中の冒頭句。

この最終章「敵軍全滅」全八句の構成は、前に触れた第四章の皇軍の兵隊たちの戦死や、第五章の皇軍の軍馬の戦死と同じように、冒頭句で「全滅の大地しばらく見えざりき」と、敵軍の全滅を総括的、鳥瞰的に描き、二句目以後で全滅の様々な光景を具体的に描いている。

敵陣で何発もの砲弾が炸裂し、その爆風によって大地の土煙りが濛々と一面に舞い上がり、敵陣の様子が何も見えない光景である。敵軍全滅のおそるべき光景。白泉はそれを三人称の視点（全知の神の視点）で客観的、鳥瞰的に表現した。それは皇軍の戦勝を賛美することに意図があったのではなく、戦争行為の徒労と空しさを表わすことに意図があったのである。

三橋敏雄によれば、白泉は生前、三橋に、この句の「しばらく」を「しばらくは」とすることを伝えていたという。（『渡邊白泉全句集』沖積舎・平17）「しばらくは」とした方が鳥瞰的な視点がより明確になり、土煙りがおさまるまでの時間経過もより的確に伝わる。佐藤鬼房にもこの句と似たようなイメージの句がある。

濛濛と数万の蝶見つつ斃る　　昭和十五年

「濛濛と」から、敵弾に斃れて意識がしだいに朦朧としてゆく有様と、まるで濛々と土煙りが上がるかのように数万の蝶が乾いた大地から飛び立ち乱舞していて、風景が霞んでしまっているような心象とが浮かび上がる。意識が薄れてゆく中で、眼前に生じる幻視のようなものを「数万の蝶」の乱舞として、一人称的な視点から形象化した句である。

戦場へ手ゆき足ゆき胴ゆけり

『渡邊白泉句集 拾遺』昭和十三年

33

初出は「俳句研究」昭和十三年九月号。「麦と兵隊を読みて作る」という詞書のある十五句中の第十一句。

最初に、この句が詠まれた背景としての時局と「改造社」ジャーナリズムとの関わりを一瞥しておこう。昭和十二年十二月中旬、南京を占領した日本軍は、退却する中国軍の主戦力を撃滅するため、翌年五月初旬に徐州作戦を実行した。徐州は北支と中支を連絡する要衝の地であり、徐州作戦は、北支方面軍（第二軍）と中支派遣軍が北と南から進撃し、中国軍を包囲する作戦であった。火野葦平（中支派遣軍報道部員）の『麦と兵隊』（昭13）に描かれたように、果てしなく続く炎熱の麦畑の中を各師団は先陣を争って進撃。中国軍はいち早く西南方に退却したため、五月十九日、徐州を占領した。

改造社の月刊総合誌「改造」は、日中戦争勃発以前においては政局や内閣の批判特集を組み、リベラルな論陣を張っていたが、日中戦争勃発以後、『上海戦勝記』増刊号を刊行するなど、戦勝・戦意高揚の時局に同調した急激な編集方針の転換を図った。それに拍車がかかったのが、火野葦平の徐州会戦従軍記「麦と兵隊」三百枚の一挙掲載（昭13・8）。翌九月には直ちに単行本化され、定価一円で百二十万部を売り尽した。この大ブームに連動して、同社発行の月刊俳句総合誌「俳句研究」も、同年九月号に、直ちに三俳人による俳句版「麦と兵隊」の大作（日野草城・東京三・渡邊白泉の戦火想望俳句）を一挙掲載したのである。白泉の「麦と兵隊を読みて作る」全十五句は、各五句ごとにまとめて三章（章名の記載はない）で構成されている。第一章は、徐州を目ざして進攻する日本軍の各師団の兵隊たちにより家や一家の働き手である父や息子を失い、難民となった町や村の老婆や母や娘たちのありさまを描く。特に

「難民の笑ひ」に焦点を当てる。

難民の笑ひ就中母の笑ひ

難民等青麦原の前に笑ふ

この母や難民の「笑ひ」は戦勝者たる皇軍の兵隊たちに媚びる笑いであり、白泉独特の痛烈なイロニイだ。笑いの裏には哀しみ、怒り、憎しみが隠されている。第二章は、大地や空中に黄塵が立ち込める戦場のありさま。第三章は、果てしなく続く麦畑の中を長い一本の列となって徐州へと進軍してゆく日本兵たちの光景。

この句は第三章の冒頭で、徐州を目ざして、どこまでも続く麦畑の中を進軍してゆく兵隊たちの行進する肉体の動きに焦点を当てている。兵隊の肉体の動きを手、足、胴へと視点を移動させて捉えているが、それを「手ゆき／足ゆき／胴ゆけり」と連文節で区切って肉体の各部の動きと連動させた小刻みなリズムを作り出し、各部の屈折した連続的な動きを表現している。そのため、一見、勇壮な行進を躍動する肉体で捉えた句に見えるが、そうではあるまい。本来、人間の歩行は意思に従って肉体の各部が自由自在になめらかに連動するものである。ところが、肉体の各部の動きを連文節で切って屈折した小刻みなリズムを作り出した表現は、各部がなめらかに連動する動きを失って、マリオネット（あやつり人形）のようなぎこちない動きのイメージを生み出している。そこには、自由な意思を奪われた兵隊たちが、否応なく戦場へと送り込まれ、国家権力を笠に着た軍命に従わざるを得ないことへの白泉の鋭いイロニイが込められているのではないか。

34

提燈を遠くもちゆきてもて帰る

『渡邊白泉句集 拾遺』昭和十三年

初出は「俳句研究」昭和十三年十二月号で、「提燈」と題する五句中の第四句。

日本軍の中支派遣軍が果てしなく続く炎熱の麦畑の中を進軍し、徐州を占領したことは前句で触れた。その後、中支派遣軍は反転して揚子江両岸に沿って西へと進軍し、武漢三鎮（揚子江に漢水が合流する地点に川を隔てて向かい合う武昌・漢口・漢陽の三都市）の攻略を目ざし、昭和十三年十月二十六日、漢口を占領した。

日中戦争では南京など主要都市が陥落するたびに、国内では戦勝を祝賀し、戦意を高揚するために夕方から夜にかけて市民の提灯行列が催された。

この句は漢口陥落祝賀行事の一つとして、同年十月二十六日夕刻から行われた提灯行列を詠んだもの。提灯行列は東京市の主催で行われ、そのコースは日比谷公園（午後五時集合）を出発して宮城前、九段下を通って九段坂上の靖国神社参拝、解散であった。「提燈」は皇軍の勝利の暗喩だが、白泉はこの句から靖国神社への戦勝祝賀提灯行列を匿した。また、「遠くもちゆきてもて帰る」という動詞の反復的対句表現を用いて客観的、外面的に行為だけを表現した。このレトリックはすでに触れたように、白泉が創出した得意とするものであった。句の表面から戦勝祝賀の提灯行列であることを匿し、反復的対句表現による外面的な行為だけを叙するレトリックを用いたのは、戦勝賛美・戦意高揚の時局において、戦勝祝賀の提灯行列への批判や違和感を表面に出すことは、すでにタブーであり、場合によっては身の危険もあったからだとも言えよう。すでに川柳や俳句など短詩型文学へも特高の諜報活動は始まっていた。したがって、そういう読解も十分に説得力はある。

だが、たとえそうだったとしても、それよりも白泉が用いたレトリックによる言葉の力、文学表現の力の方を重く見ておきたい。戦勝祝賀提灯行列という主題を匿すレトリックと、「遠くもちゆきてもて帰る」というレトリックを用いることで、戦勝祝賀の提灯行列への徒労感や空しさ、違和感はより強く伝わるのである。

闇の夜道を行くために足元を照らす提灯が、他の何かの目的のために意図的に用いられる。しかもその目的が匿され、無目的のまま提灯を遠くまで持ってゆき、また空しく戻ってくる。その行為は深い徒労感が漂い、批判精神へつながっていく。

35 あゝ小春我等涎し涙して

『白泉句集』昭和十三年

初出は前句と同じ「俳句研究」昭和十三年十二月号。「提燈」と題する全五句の後、「我等」と題する二句中の第二句。「俳句研究」昭和二十二年三月号の「戦前新興俳句選集」では「あゝ小春我等涎し泪して」の表記。筑摩書房版『現代俳句集』（昭32）と八幡船社版『渡邊白泉集』（昭41）にも収録。

「あゝ小春」は「小春」という名の妻ないしは親しい女性への詠嘆的な呼びかけではない。もちろん、坂田三吉を想定したような、そうした読みもあながち誤りとは言えない。だが、この「小春」は季語で、初冬のころ、春のように暖かい晴れた日を表わす小春日和と受け取るのが自然であろう。一週間ぶりにめぐってきた休日、ありがたいことにおだやかな小春日和。「あゝ小春」は、その僥倖への一種の謝念を含んだ感動表現。おだやかで暖かい日差しを浴びてベンチなどで憩いの時をすごしていると、日ごろの疲れや精神的な弛緩から睡魔におそわれ、ふと気がつくと涎があごまで垂れ、涙も頬をつたわっていた、という光景。

とはいえ、この精神の弛緩状態がもたらしたわが身の醜態を捉えただけでは、「我等」に触れておらず、この句の意図を十分に読み解いたことにはならない。幸いなことに、この句の意図を読み解く重要な補助線を白泉自身が用意してくれていた。白泉は『白泉句集』の「あとがき」で、この句に触れ、

わたくしの意図には（略）我等貧しき無産勤労階級の悲しい日々があったのである。

と記している。すなわち、この句は白泉の句の表現の一つの特色である諧謔的な表現とそれによる諧謔的なイメージを表面にうち出すことを通して、自らを含む庶民勤労階級の日々の憂愁感や哀感を意図した句として読み解くべきものだろう。時局も軍国的な傾向がしだいに強まり、近代の管理機構の中で庶民勤労者たちは抑圧された息苦しさを感じていた。

白泉の句には生や存在の根底に触れたような憂愁感や哀感が晩年まで伏流しており、時に湧水となって表面に現れる。初期の、

夕 青 き 運 河 わ た り ぬ 工 長 と

や、戦後の、

わ が 胸 を 通 り て ゆ け り 霧 の 舟

や、最晩年の、

谷底の空なき水の秋の暮

などがその湧水の例であり、そこが読者を魅了する重要な要素だった。

その憂愁感は何に淵源するものかは明らかではないが、その要因の一つは三省堂社員から無名の地方教員としてひっそりと世を去るまでの生涯において、一貫して自らを社会の底辺に生きる一勤労者、一庶民と位置づけたところにあったのではなかろうか。

赤の寡婦黄の寡婦青の寡婦寡婦寡婦

『渡邊白泉句集 拾遺』昭和十三年

36

初出は「俳句研究」昭和十三年十二月号の「昭和十三年自選句集」。

日中戦争は昭和十二年十二月十三日、日本軍が南京を占領した以後、退却する中国軍を追って大陸の奥へと進軍したため、戦局は拡大し、長期戦の相様を呈した。それに伴って日本軍の戦死者も増えていった。私は白泉が所属した「句と評論」の昭和十二年八月号から同十四年二月号までにおける銃後俳句の各素材の数の推移データを収集したことがあった（『戦争と俳句』の「「支那事変六千句」八十年目の真実」創風社出版・令2）。その結果、南京作戦以後、昭和十三年にかけて「出征」の句よりも「英霊帰還」の句が多くなることが明らかになった。また、東京都公文書館に史料編纂係として勤務していたとき、日中戦争当時、毎月発行されていた「東京市区情報」という公報を閲覧したが、そこでのデータでも、昭和十三年に入ると「英霊帰還」が漸増していくことが示されていた。「英霊帰還」が多くなるということは、出征した夫が戦死し、寡婦が多くなることを物語る。

この句はそういう戦局を背景にして詠まれた句。表現のレトリックは白泉が得意とする原色的な色と同語を連続的に反復させていくもの。赤や黄や青の色は戦争で夫を失った様々な寡婦を表わすアイコンのような働きをしている。「赤の寡婦／黄の寡婦／青の寡婦」と連文節で区切って反復するレトリックは、様々な寡婦へと視点を移動させることで、街中に見かけるこっちの寡婦、そっちの寡婦、あっちの寡婦たちと空間的に多くの寡婦がいることを示している。そして最後に「寡婦寡婦」とボルテージを上げて切迫した反復のレトリックを用いることで、視界内にもう数えきれないほど寡婦がいることを表わす。このレトリックは空間的に寡婦が溢れていることを表わすだけでなく、時間的な推移とともに寡婦が漸増していき、最後には激増することをも表わしている。もちろん、銃後の世界に寡婦が溢れている現象に表現の意図があるのではなく、そういう現象を生み出した戦争行為への批判や空しさが意図されている。

37

憲兵の前で滑って転んぢやつた

『白泉句集』昭和十四年

初出は「俳句研究」昭和十四年一月号で、「'Kyrie eleison'」（注・主よ憐れみたまえの意）と題した十四句中の第十句。この句は表記の異同が多く、初出の表記は「憲兵の前ですべつてころんぢやつた」。「俳句研究」昭和二十二年三月号の「戦前新興俳句選集」では「憲兵の前で滑つて転んぢやつた」。筑摩書房版「現代俳句集」（昭32）では「憲兵の前で滑つてころんぢやつた」。八幡船社版『渡邊白泉集』（昭41）では「憲兵の前で滑ってころんぢゃった」。

この句の読解のキーワードは「憲兵」。下につづく文脈から威圧感のあるおそろしい存在というイメージは浮かぶが、具体的にどんな任務を担う軍人なのか。その概念は戦後、「憲兵」が消滅したため、風化してはっきりしない。もちろん、その概念が明確でなくても、読解の方向を誤ることはほとんどないが、とりあえずその歴史的な概念を説明しておこう。憲兵は軍隊内の秩序維持を主な任務とする軍人だが、次第に権限を拡大して、昭和十年代には治安維持・思想弾圧・防諜の活動にも強い権力を揮った、という。
神田秀夫はこの句を次のように評する。

「憲兵」は軍部内の警察で、兵にとってはこわい存在だが、部外に手を出すことは建前上ない。しかし、この句は、やがてこれが国民一人々々にとってもこわい存在になるだろうことを、おどけて、動作で描いてみせたものである。（「白泉の噴出」―朝日文庫『富澤赤黄男 高屋窓秋 渡邊白泉集』昭60）

この鑑賞の基本的な方向は妥当だが、昭和十年代には憲兵は治安維持や思想弾圧にも強い権力を揮ったので、一般国民にも特高のようなおそろしい存在だったのである。竹下しづの女は福岡県立図書館の司書をしていたが、ある日、突然、諜報憲兵が左翼思想の書籍の検閲に訪れた場面を詠んでいる。

図書館に客だしぬけや鵙日和　「成層圏」昭13・1
憲兵を案内す書庫の冱てし扉に　〃
憲兵氏さぶき書廊に図書を繰りぬ　〃
かじかみて禁閲の書を吾が守れり　〃

たのである。そして禁閲の書物の検閲に突如訪れた憲兵を「憲兵氏」と揶揄している。そこには軍国の国家権力へのしづの女の嫌悪、抵抗が見てとれる。

同様に、白泉は、おそろしい存在である憲兵に思いがけず、突如出くわしてしまい、その威圧感とおそれを「憲兵の前で滑って転んぢゃった」とおどけて見せることで表わすとともに、軍国の国家権力を体して一般国民にも権力を揮う憲兵を揶揄することで、憲兵への強い嫌悪感や抵抗を表わしたのである。

さて、ここで白泉の俳誌への所属の変化について触れておこう。小澤青柚子らとともに昭和十二年五月、「風」を創刊したが、翌十三年四月、第七号をもって終刊。同人たちは「広場」(「句と評論」の後身)に合流した。白泉はその六月号に「支那事変群作」を発表して旺盛な創作力を示したが、同年十一月号をもって「広場」を去り、翌十四年一月、「京大俳句」に参加した。すでに昭和十年には西東三鬼が「京大俳句」に入っており、十三年には「馬酔木」出身の高屋窓秋・石橋辰之助・杉村聖林子も加わっていた。これらの俳人は皆、白泉が親交を深めた才気のある俳人たちで、そこに新たに白泉が参加したことで、「京大俳句」は論・作ともに新興無季俳句を牽引する中核俳誌となった。これらの俳人の「京大俳句」加入は、すべて三鬼が斡旋したものだという(5)。

38

街に突如少尉植物のごとく立つ

『渡邊白泉句集 拾遺』昭和十四年

初出は「京大俳句」昭和十四年二月号で、九句中の第七句。現在、白泉の俳句の中でもっとも有名なものは、

戦争が廊下の奥に立つてゐた　「京大俳句」昭14・5

であろう。この句は「戦争が」（主語）「廊下の奥に」（連用修飾語）「立つてゐた」（述語）という口語体の散文的な構文。「戦争」を人間の行為である「立っていた」と喩えることで、戦争という化け物が突如出現したときの戦慄感を如実に伝える。いわゆる擬人法である。

他方、「街に突如」の句も口語体の散文的な構文だが（「ごとく」は文語だが、一句の文体は口語文体）、街角に佇立する「少尉」の姿を「植物のごとく」と人間以外のもので喩えたので、いわゆる擬物法である。

だが、この両句は、擬人法と擬物法という比喩の違いが重要なのではない。共に、突如、異物が目の前に立ち現われたときの不気味さ、不安や恐怖が主眼である。街角に突如出現し、

直立不動で佇立する異物を目にしたときの不気味さ、おののきである。人間の動く機能を全く喪失して、植物のように静止し、異物と化した少尉。動画が突如切り替わって、静止画像がクローズアップされたときのような強い違和感がある。しかも、兵を指揮する将校を街角に異物として造型したところに、異物に直面したときの不気味さや恐怖だけでなく、軍国国家の時局へのおそれも意図されているだろう。

青い棒を馬がのっそりと飛び越える

『白泉句集』 昭和十四年

39

初出は「京大俳句」昭和十四年四月号。「某馬場にて」という詞書のある四句中の第二句。表記は「青い棒を馬がのつそりと飛びこえる」。筑摩書房版『現代俳句集』(昭32)も初出と同じ表記。他の三句は、

馬が啼く阿呆の大学生の股に

馬場乾き少尉の首が跳ねまはる

誰もゐない明るい馬場に風が殖ゑ（ママ）

乗馬の一光景で、馬が障害物の青い棒を飛び越える瞬間を捉えたもの。馬が障害物として設けられた横棒を飛び越える瞬間は、人間には俊敏な跳躍として映るのが一般的であろうが、この句では「のっそりと」表現されている。そこが、この句の眼目である。重い馬体の鈍重な跳躍が、まるでスローモーションの映像のように如実に捉えられている。

鈴木六林男にも、馬の鈍重な跳躍を詠んだ敗戦直後の句がある。

生き残るのそりと跳びし馬の舌　「青天」六号

六林男は昭和十七年、フィリピン諸島ルソン島のバターン・コレヒドールでの米軍との激戦に参加。戦闘で負傷したが、無事内地の土を踏むことができた。そして、昭和二十年八月十五日、戦争は終わった。が、この句には戦争から生きのびた喜びや解放感、未来への希望といったものはない。「生き残る」者の心情は「のそりと跳びし馬の舌」とのアナロジーによって表現されている。低い柵などをスローモーションの映像のように、舌を見せてのそりと跳び越える馬の緩慢な動き。それは虚脱感や倦怠感の表象である。

それと同様に、この白泉の「馬」も、軍事色が強まる閉塞の時代情況を生きる者の憂愁感の表象として、敢えて読み解いておきたい。

40

馬場乾き少尉の首が跳ねまはる

『白泉句集』昭和十四年

初出は前句と同様「京大俳句」昭和十四年四月号。「某馬場にて」という詞書のある四句中の第三句。筑摩書房版『現代俳句集』（昭32）にも収録。

少尉を背に乗せた馬が、馬場の乾いた土を蹴って元気よく跳ねまわる。それとともに馬上の少尉の首も上下に跳ねまわる、という光景。馬上の少尉の体も躍動すると言わずに、少尉の首が上下にガクガクと跳ねまわると、少尉の滑稽で無様な光景をイメージ化した。それにより、少尉を揶揄したのである。そこに、この句の匿された意図がある。すなわち、軍人への嫌悪であり、さらにその背後の軍部や軍国の世への嫌悪である。

この諧謔やイロニイの発想は白泉の得意とするもので、すでに、

鶏《とり》たちにカンナは見えぬかもしれぬ
繃帯を巻かれ巨大な兵となる
憲兵の前で滑って転んぢゃった

などで、それを読み解いてきた。

41

昼は商館に悲しき化物となり

「京大俳句」昭和十四年

初出は「京大俳句」昭和十四年五月号で、五句中の第二句。この句の後に、のちに有名になる、

戦争が廊下の奥に立つてゐた

が置かれてをり、この二句の発想は対照的になっている。白泉はこれらの句を作るときに、二句をセットにして意図的に対照的な発想、レトリックを用いたものと思われる。

この句は人間を「悲しき化物」と見立てた擬物化のレトリックが用いられているが、同時に「悲しき化物」は暗喩でもある。この二つのレトリックをどう読み解くかが、この句のポイントである。商館に勤める人物は商社関係の都市生活者を想定すればよい。その人物が「昼は商館に悲しき化物となり」ということは、一日の勤めを終えた人物が、夜、自宅に帰って

からの私生活では「悲しき化物」ではなく、「人間」に戻るということだ。そのように対比的に読み解けば、「悲しき化物」という暗喩は案外底が浅く、正体が見え透いた発想によるものであることが見えてくる。

すなわち、閉塞の時代情況を生きる都市生活者は、夜の自宅で過ごす私生活では人間が本来持つべき主体性や精神の自由といったアイデンティティーを奪われてはいない。だが、昼の商館内での勤めではそういう人間的な主体性や精神の自由を自ら抑圧して、軍国の国策や時代の風潮に同化して生きなければならない。それはもはや人間性を失った「悲しき化物」だ、と言いたいのである。言うまでもなく、この自虐的な暗喩には、軍国の世への批判的な意図が込められている。

42

戦争が廊下の奥に立つてゐた

『白泉句集』昭和十四年

初出は前句と同じ「京大俳句」昭和十四年五月号で、五句中の第三句。筑摩書房版『現代俳句集』（昭32）にも初出と同様「戦争が廊下の奥に立つてゐた」の表記で収録。

ここで、「戦争が」の句の読解、鑑賞に入る前に、この句についての読者（主に俳人たち）の受容史ないし読み解き史と、白泉についての読者（主に俳人たち）の受容史ないし評価史のあらましに触れておこう。

昭和十年代に白泉の句で受容度が高かったのは、

街燈は夜霧にぬれるためにある

鶏たちにカンナは見えぬかもしれぬ

憲兵の前ですべつてころんぢやつた

などで、「戦争が」の句の受容度は必ずしも高くなかったようだ。これは新興俳句の最もすぐれた女性俳人である藤木清子の場合、

しろい昼しろい手紙がこつんと来ぬ

の句が圧倒的に受容度が高く、逆に、昭和の終わりから平成にかけて受容度が高まった、

昼寝ざめ戦争厳と聳えたり

戦死せり三十二枚の歯をそろへ

の二句は昭和十年代ではほとんど受容されなかったのと似ている。昭和十年代、白泉も藤木

清子も新興俳句を代表する男性・女性の俳人として高く評価され、人気が高かった。

戦後、白泉は地方の高校教師となり、俳壇から離れたため、俳人と作品の両面で忘れられていった。昭和二十六年から翌年にかけて、山本健吉の鑑賞書『現代俳句 上下』（角川新書）が出版され、この本の受容度は極めて高かった。しかし、「新興俳句の意図したものは一つとして本来の俳句ではなかった」という頑迷な俳句観のため、白泉は収録されなかった。昭和二十八年ごろから三十年代の終わりごろにかけての俳壇は、社会性俳句の勃興とそれにつづく前衛俳句の勃興があったが、その間、白泉やその作品が俳句総合誌に採り上げられ、受容されたという形跡はない。昭和三十二年、俳句表現史について烱眼の持ち主であった神田秀夫編の筑摩書房版『現代俳句集』が出版された。神田は、戦前戦後の白泉による自選句約二六〇句を「渡邊白泉集」として収録するとともに、解説として俳句表現史の視点から「現代俳句小史」を執筆し、白泉を新興俳句の有力な作家として正当に評価した。このアンソロジーは読者の圧倒的な支持を受け、世代を問わず受容度は極めて高かった。当時学生だった私も愛読し、現在までの最高のアンソロジーとして、背表紙の擦り切れたものを今も愛蔵している。当時の読者はこの本によって、白泉の戦前戦後の作品に接し、正当に受容、評価する機会を得たわけだが、白泉やその作品が受容され、正当に評価されたという形跡はない。いわゆる戦後派俳人たち（当時の三十代俳人）の革新派は社会性俳句や前衛俳句の推進に没頭し、他方、多くの伝統派俳人たちは革新派による俳句の骨格を破壊したような放恣な俳句に強く反発するばかりで、白泉やその俳句など眼中になかった。神田秀夫の炯眼により白泉は俳句表現史に正当に復権したが、俳壇的には復権しなかった。

四十年代に入っても、白泉は俳壇から忘れられたままだった。そして、白泉は昭和四十四年一月三十日、脳溢血により一地方教師として、ひっそりと逝った。白泉の教え子の佐藤和成氏の調査により「沼津毎日新聞」と「沼津新聞」の二月一日号には白泉の十数行の訃報記事が載ったことが分かったが、大手新聞の全国版に報じられることはなかった。しかし、文学的な正義として俳句表現史の正史の構築を目ざす炯眼の高柳重信は、白泉の死を見逃すことはなかった。彼は直ちに「俳句研究」昭和四十四年三月号で「渡辺《ママ》白泉追悼」特集号を組んだ。他方、少年時代から白泉に師事した三橋敏雄は、白泉の自筆稿本句集を影印本『白泉句集』（書肆林檎屋・昭50）として再現した。白泉俳句の表現史的意義を見逃さない二人の俳人の炯眼と尽力によって白泉は甦り、正当に復権したのである。昭和四十年代後半から五十年代にかけて、白泉の俳壇的知名度や作品の受容度は高まっていった。平成に入ってからは、国際的に不穏な政治情勢や国内の反戦平和の高まりなど時代や社会の追い風もあって、アンソロジーや俳句鑑賞書などの企画には、白泉はほとんど収録されるようになった。

ここで、「戦争が」の句の受容に目を転じると、「俳句研究」の「渡辺白泉追悼」号では、昭和十年代に白泉と親交が深かった三橋敏雄ら七人が白泉の句や思い出を記している。しかし、前に引用した「街燈は」「鶏たちに」「憲兵の」などの句に重複して触れているものが多く、

「戦争が」の句を引用しているのは三橋と三谷昭だけである。また、この時代の代表的な鑑賞書『近代俳句大観』（明治書院・昭49）に白泉は収録されているが、この句は採られていない。昭和四十年代には、まだこの句の受容度は低かったと思われる。

私の記憶では、この句の認知度、受容度が急激に高まったのは昭和の末期から平成の初期にかけてのころだった、と思われる。その主な原因は、神田秀夫が朝日文庫に収録された『白泉句集』の序文で、この句について、

当時、軍は、その所属の建物でない会社その他で、会議をやらなければならなくなると、機密の漏洩を恐れ、会議室の周辺に歩哨を立てて、廊下を通行止めにした。この句も、多分、そういうケイスを目にし、それに触発されたのだと思うが、戦争は戦場にあるのではない、戦争をさせている元凶は、今、この廊下の奥で会議をやっている、という切り込み方がすごいと思う。（「白泉の噴出」既出）

と書いたことだ。この読み解きは、多くの読者に目から鱗のインパクトを与えたと思う。

もう一つ、大岡信が「朝日新聞」朝刊第一面のコラム欄「折々のうた」（昭54・8・11）で、

わが家の薄暗い廊下の奥に、戦争がとつぜん立っていたという。ささやかな日常への

凶悪な現実の侵入、その不安をブラック・ユーモア風にとらえ、言いとめた。と書いたこと。「朝日文庫」「朝日新聞」という大メディアに乗って、この句の知名度、受容度は一気に高まったのではないか。このころの代表的な鑑賞書『日本名句集成』（学燈社・平3）には、この句は収録されている。

平成時代には前に触れたように、国内外の政治、社会情勢の追い風を受けて、俳句のエリアを越えて新聞のコラム欄や論説、エッセイなどにしばしば引用されたり、反戦平和運動のキャッチコピーなどに用いられたりするようになった。この時代を代表する鑑賞書『名句鑑賞辞典』（角川書店・平12）にも、この句は収録されている。白泉と言えば「戦争が」の句がセットになって引用され、一般の人々へも知名度は高まった。

さて、肝心なこの句の読み解きだが、私にとっても神田の読み解きは目から鱗だった。大いに刺激され、私見も加えて、私は次のように読み解いた。

この句の発想の契機は、神田秀夫が指摘したように、ビルの廊下に歩哨を立て、その奥の会議室での秘密の軍事会議であったかもしれない。神田は「戦争は戦場にあるのではない。戦争をさせている元凶は、今、この廊下の奥で会議をやっている、という切り込み方がすごい」という。それは戦争の中枢部に迫った鋭い読みだが、それでは戦争を軍部に限定してしまう。市井の庶民の木造家屋の薄暗い廊下の奥に、突如として戦争が物の怪のように佇っている戦慄的なイメージへと拡げることで、銃後のささやかな日常生活へも否応なく侵入してくる戦争の恐怖が如実に伝わってくる。「戦争」という無季の題によって、戦争の恐怖を鷲摑みにした句だ。

白泉のように時代状況に対して批判的な立場に立つ俳人にとっては、国家権力への批判精神を比喩やイロニイ等の屈折したぎりぎりの表現に託さざるを得ない時代状況になっていた。（ちくま学芸文庫『現代俳句 上』平13）

白泉は翌十五年、「「季」にあらぬ「季」を発見せねばならぬ（略）「戦争」も新しい「季語」の一項目に相違ない。」（「俳壇時評」の「新興季論出でよ」―「天香」昭15・5）という新たな認識を示したが、この句の「戦争」はそれを先取りしたものと言えよう。ちなみに、平成二十二年二月十三日、市立沼津高校正門入口の左側にこの句を刻んだ句碑が建てられた。

最後に、白泉や「戦争が」の句についての誤解を正しておこう。平成二十年代に福島第一原発事故や安倍内閣の強権政治に対して、反戦平和の市民運動が盛んとなった。俳壇でも金子兜太を初めとして反戦平和の句が多く詠まれるようになる中、白泉を現代俳句を代表する反戦俳人とし、「戦争が」の句を理想的な反戦俳句とする誤った言説がもてはやされた。白泉を初め、新興俳句の俳人たちは軍国の時局に批判的な目を向け、そこへの嫌悪や違和感、閉塞情況の中で生きる憂愁感を詠んだが、反戦を目的として詠む反戦俳句ではなく、いわゆる反戦俳人でもなかった。最初から反戦を目的として詠んだ栗林一石路や橋本夢道らのような反戦俳句や反戦俳人ではない。富澤赤黄男と片山桃史を反戦俳句の驍将などとする言説もあったが、それははなはだしい誤解である。

43

石橋を踏み鳴らし行き踏みて帰る

「京大俳句」昭和十四年

初出は前句と同じ「京大俳句」昭和十四年五月号で、五句中の第四句。

短小な俳句形式による戦争の領略。これが白泉のみならず、新興無季俳句を志向する俳人たちが直面した日中戦争勃発以後の難問《アポリア》だった。言い換えれば、俳句における社会性の領略。そのための様々な表現方法の確立という厳しい問題である。これまで読み解いてきた様々な句が明確に示しているように、白泉は新興無季俳句俳人の中でこの難問に最も意識的であり、様々な革新的な表現方法を創出してきた。

この句も「踏み鳴らし行き／踏みて帰る」と、白泉が得意とする動詞による反復を含む対句表現が用いられている。だが、この句の読解の着眼点はそこにはない。この句を読み解くためには「踏み鳴らし行き」と「踏みて帰る」という共に動詞の連文節による二つの行為の主体（主語）を捉えなければならない。言い換えれば、白泉は意図的に往復行為の主体を匿すことで、読者に匿された主体と匿されたモチーフを読み取らせようとするサインを送っているのだ。

そのサインを読み取って主体を正しく捉えるためには、「踏み鳴らし行き」という往の行為と、「踏みて帰る」という復の行為との表現の違いに着目して、誰が、どこへ、を具体的に読み解けばよい。もちろん、昭和十四年という時代背景も重要な補助線だ。「踏み鳴らし行き」は足を高く上げて力強く踏んでゆく行為であることから、石橋を踏み鳴らして勇躍出征していった兵隊の行為。では、「踏みて帰る」も同じ兵隊の行為なのだろうか。それでは、俳句の表現構造がイローニッシュな表現構造にある点からも、この句の匿されたモチーフの点からも陳腐なものになってしまう。いや、それでは、そもそもモチーフ自体が成り立たない。「踏みて帰る」という表現は、出征時の勇み立った行為とは逆の静々とした行為を表わしている。それは戦死した兵隊の遺族が石橋を音も立てず踏んで帰ってくる沈痛な行為を表わしている。すなわち、この句は石橋を踏み鳴らして勇躍出征していった兵隊が、中国大陸の戦場で斃れ、物言わぬ英霊となり、その遺骨の入った箱を胸に抱いた遺族が静々と石橋を踏んで帰ってきたというもの。白泉は、句の表面からの往復行為の主体（主語）である「兵隊」と「遺族」を匿し、しかもその主体を切り換えるという難度の高いレトリックを駆使して、匿されたモチーフを読者に読み取らせようとしたのである。匿されたモチーフは、英霊となった兵隊やその遺族への哀感、そして戦争行為の空しさであろう。

銃後俳句では多くの「英霊帰還」が詠まれた。よく知られた句を挙げておく。

母の手に英霊ふるへをり鉄路　高屋　窓秋

山陰線英霊一基づつの訣れ　井上白文地

この「石橋を」の句の一ヶ月後、昭和十四年六月、白泉は芹澤千江子と結婚。千江子は三島市本町の芹澤洋品店の二女。芹澤洋品店は三島駅から南へ向かう大通りが旧東海道と交わる十字路の角にあり、楽寿園の南側に当たる。ちなみに長女の幸子は画家藤田嗣治のパトロンとして知られる中西顕政と結婚した。白泉は父や継母と暮らしていた渋谷駅近くの渋谷区金王町から世田谷区世田谷二丁目一四一四番地に新居を構えた。新しい通勤経路は、自宅近くの東急世田谷線上町から三軒茶屋に出て、玉川線（通称「玉電」）に乗り換え渋谷まで行き、市電に乗り換えるというコースだったろう。白泉より一年遅れで昭和十二年、三省堂の出版部に入社した同僚の稲垣宏によれば、白泉も新人社員の稲垣も、薄暗い校正課の一室で机を並べ、来る日も来る日も、ゲラ刷りを眺めて赤字を入れる毎日だった。十四年に結婚してしばらくは、白泉も落ち着いた時期を過ごし、酒を飲もうと誘っても、女房と約束があるからと言って、さっさと帰ってしまった、という。（「渡辺白泉という人」―「俳句研究」昭44・3）

44

朝曇烈しくゴオゴリをほめ黙る

『白泉句集』昭和十四年

初出は「京大俳句」昭和十四年十月号で、「朝曇激しくゴオゴリをほめ黙る」の表記。筑摩書房版『現代俳句集』（昭32）および八幡船社版『渡邊白泉集』（昭41）では『白泉句集』と同じ表記。

昭和十年代の白泉の俳句の主要なモチーフは、軍国化による閉塞の時代情況を背景に、都市勤労生活者（白泉のいう「我等貧しき無産勤労階級」）の憂愁感や、軍国化による国家権力の拡充や戦争への嫌悪感・恐れ・批判や、そういう情況に気づかない銃後の人々への違和感などである。それらのモチーフを様々な方法、レトリックを駆使して描き出した。

この句も、昭和十年代のそういう時代情況を背景にして、同様の共通したモチーフを詠んでいる。しかし、表現方法や技法においては、今まで読み解いてきた句には見られないものが二点ある。一つは「ゴオゴリ」（現在はゴーゴリと表記）という人名を投入したこと。もう一つは激しい感情、情念の激発を直接的に表現していること。

「ゴオゴリ」が出てきたからといって、びびる必要はない。これは季題と同様、モチーフを象徴化するものである。たとえば、

啄木忌いくたび職を替えてもや　安住　敦

遺品あり岩波文庫「阿部一族」　鈴木六林男

人名「啄木」は市井の庶民の貧しさを象徴する働き。書名「阿部一族」は従容として殉死すべきか反抗かという兵隊の死生観の象徴。「ゴオゴリ」も同様に読み解けばよい。

ゴーゴリは十九世紀前半のロシアの作家で、日本でも「鼻」「外套」「死せる魂」などがよく知られている。ロシア官僚機構の腐敗や、下層社会に生きる人間の怒りなどを諷刺と諧謔によって表現することで、醜悪な現実社会や、その中で権力的にふるまう人間たちを批判した。ドストエフスキーが「われわれはみな、ゴーゴリの『外套』から生まれた（ゴーゴリは近代文学の父だ）」と言った言葉はよく知られている。日本の近代作家にも大きな影響を与え、芥川龍之介の『鼻』はゴーゴリの『鼻』のほとんど換骨奪胎であり、『芋粥』の冒頭部は『外套』のコピペに近い。

したがって、この句の「ゴオゴリ」は官僚社会や権力者など体制や体制に同化した人物を

批判した作家と捉え、昭和十年代の軍国体制とそれに同化して権力を揮う者たちへの批判の象徴として読み解けばよい。「朝曇」は軍国の世の閉塞感、息苦しさの暗喩である。

軍国の時局を思わせる朝曇の下、鬱屈した思いでいたが、ロシア官僚機構の体制批判を諷刺と諧謔で描き出したゴーゴリに、日本の軍国体制と重ねて強く共感し、思わず快哉を叫んだが、すぐ沈黙した。問題は「黙る」の読み解きである。それには当時の治安維持の補助線が必要だ。特高はマルキストだけではなく、自由主義者をも弾圧対象として、全国的に諜報網をめぐらしていた。体制批判はタブーであり、言論は抑圧され、口を噤まざるを得なかったのである。小説と俳句というジャンルの違いはあっても、諷刺と諧謔という有力な表現方法を白泉はゴーゴリから学び、自分の最も得意とする表現方法としたと言えるだろう。

加藤楸邨も、閉塞の世に生きる息苦しさを、

鰯雲人に告ぐべきことならず
蟇誰かものいへ声かぎり

と詠んでいる。

もう一つの鬱屈した情念の激発は、白泉が間欠的に見せる特徴である。

雪の街畜生馬鹿野郎甕《くたば》っちまへ

ハンモックに浸みたこの血が落ちるものか
瑞照りの蛇と居りたし誰も否

人名を用いた句には、

大盤《オスタップ》・ベンデル・三鬼・地獄《ヘル》・横団
手製のジャム汽笛のポオや田舎菊
秋風や傷みて軽きポオ詩集(6)
挟み合ふガモフ・カフカや桐の花

などがある。これらの句が示すように白泉は幅広い読書家だった。少年時代、弟子入りするため渋谷区金王町の白泉宅を訪れた三橋敏雄によれば、二階の部屋には本棚以外にも堆く書物が積まれていたという。(7)稲垣宏は、白泉は特に推理小説が好きで、小栗虫太郎などをはじめ、随分たくさん読んでいたという。(8)ちなみに、「挟み合ふ」の句の初出の表記は「かさなれるガモフ、カフカや桐の花」(「沼高新聞」第23号、昭和28・5・30)で、平積みの書物の中でガモフとカフカの本が重なっている光景を詠んだものだった。白泉の二男渡邊勝氏は慶応義塾大学英文科で西脇順三郎の教えを受けた方で、この推敲句について、「フ・カフ」「カフカ」と音韻が挟み合っていると見事な読み解きを披露してくださり、私は目から鱗だった。

花の家思想転変たはやすく

『白泉句集』　昭和十六年

45

初出は稿本句集『白泉句集』（昭44）で、「吾子逝川　六句」という詞書のある六句の後につづく四句中の第三句。この四句中の前半の二句は「朧雲」という詞書で「天香」昭和十五年五月号に掲載されたもので、内容はこれも生後間もなく死亡した長女に関係したもの。後半の二句は、

花の家思想転変たはやすく
妻が手の滑らかさ還り朝ざくら

とあり、長女を失った悲しみの句ではない。また、この二句は『白泉句集』において昭和十六年までの句を収めた「涙涎集」の最後の二句。したがって、この句は昭和十六年の作。

昭和十五年は白泉の人生が大きく暗転した年であった。二月に長女が誕生したが、喜びも束の間、早産のため三月三日に死亡。その悲しみに堪えながら、三省堂の編集室で阿部筲人、同年春に入社した藤田初巳と三人で『俳苑叢刊』という小型句集シリーズの編集に没頭して

いた。ところが、悲しみがまだ十分に癒えない五月三日、第二次「京大俳句」弾圧事件で検挙され、京都五条警察署に勾留された。（そのため、白泉の句集『青山』が刊行されなかったことは既に触れた）そして、同年九月二十一日、起訴猶予となり、執筆禁止を言い渡されて東京に戻ってきた。

昭和十五年から十六年にかけては俳壇も大きく暗転した。十五年十月、大政翼賛会が結成され、戦争遂行のための国民統制・思想統制が一段と強まった。特高も合法的・非政治的な団体や自由主義にも弾圧対象を拡張した。その一環として、同年、白泉を含む「京大俳句」の主要俳人十五名が治安維持違反容疑で検挙された。弾圧を免れた「旗艦」は「国策に協力せんとす」と転向を宣言。主宰の日野草城も弾圧を恐れ、「旗艦」や俳壇から退いた。また、「天の川」主宰の吉岡禅寺洞も「今後「新興俳句」の名称を放棄します」と転向宣言。十二月には「日本俳句作家協会」が結成され、俳句報国を目的として俳壇が統一された。国家権力による俳人、俳壇への弾圧、掣肘はこれだけでは終わらなかった。翌十六年二月五日には「広場」「土上」「俳句生活」「日本俳句」の主要俳人十三人が一斉に検挙され、新興俳句は壊滅させられた。以後、俳壇や俳人は時局に同調して戦勝や戦意高揚を目的とする「聖戦俳句」へとなだれ込んでいった。

この句はそうした俳壇、俳人の動向を背景にして「思想転変たはやすく」と詠んでいる。以前、俳句革新をめざして様々な俳句様式の確立や俳句による社会性の表現などに連帯して挑戦していった新興俳句誌やその同行者たちが、時局に同調して転向宣言したり、聖戦俳句へと舵を切ってゆく。この「思想転変たはやすく」という表現には、そうした現象へのアイロニカルなまなざしが注がれている。「花の家」は桜の花にかこまれた家というイメージだけでなく、時と共に変化し、色あせてゆくものとして、「思想転変」と交感させたものだろう。

46

秋晴や笄町の暗き坂

『白泉句集』昭和十六年

初出は石田波郷主宰誌「鶴」昭和十六年十一月号。「石山夜鳥」の変名で投句し、石田波郷選の第二席となった五句中の冒頭句。筑摩書房版『現代俳句集』（昭32）では「笄町」に「かうがいちやう」とルビ付きの表記。

俳句弾圧で検挙され、執筆禁止を命じられた俳人のほとんどが、戦時下、筆を折り沈黙した中で、白泉は執筆禁止を命じられても、俳句をやめなかった。すでに「京大俳句」弾圧事件に連座する以前から、浩瀚な『日本俳書大系』（勝峯晋風編・全十七冊・春秋社・大15～昭3）を座右にして古俳諧の研究を進めていたが、釈放されて以後、荏原区（現・品川区）中延の阿部青鞋宅で小澤青柚子・三橋敏雄らと古俳諧研究とそれに基づく実作に没頭した。

この句の韻律、風姿が、これまで読み解いてきた才気に溢れ、切れ味のよい近代的な文体とは大きく異なることに気づくだろう。上五を切字「や」で切り、下五を名詞で結ぶ蕉風の古典的な構造、風姿である。

「笄町」は以前、東京都港区麻布にあった町（現・港区南青山六―七丁目から西麻布二―四丁目）。笄坂は笄町にある坂道（現・港区西麻布二丁目と四丁目の境界にあり、六本木通りを霞町交差点から高樹町交差点まで上る坂道）。「笄町の暗き坂」とあるが、道幅はかなり広く、暗い感じはしない。笄坂の近くに笄坂と並行して「牛坂」があり、道幅は狭く、両側に崖や家や樹木があって暗い感じなので、「牛坂」を詠んだものだろう。どちらにしても、白泉が少年時代を過ごした青山南町の自宅や通学した青南小学校とは町一つ隔てた地域にあり、少年時代への郷愁を誘うエリアであっただろう。

秋晴れのある日、少年時代の生活圏であった笄町の道幅が狭く、両側を崖ではさまれたうす暗い坂をゆっくりと上ってゆく。少年時代への甘く切ない郷愁とともに憂愁感も湧いてくる。「暗き坂」はそういう過去と現在とが繋がる二つの感情を導き出す働きをしている。

白泉が変名で「鶴」に投句したのは、俳句の韻文精神を唱え、古俳諧の風姿を確立していた波郷を信頼していたからだろう。炯眼の波郷は、突如、古典的風姿の句を投じてきた人物が白泉であることを見抜いていたかも知れない。

熊手売る冥途に似たる小路哉

『白泉句集』昭和十七年

47

初出は「鶴」昭和十七年一月号。前句と同様、「石山夜鳥」の変名で投句し、波郷選の巻頭を得た六句中の冒頭句で、表記は「熊手売る冥途のごとき小路かな」。八幡船社版『渡邊白泉集』（昭41）では「熊手売る冥途に似たる小路かな」の表記。

この句も下五を「小路哉」と切字「哉」で結び、古典的風姿・格調を重んじたもの。しかも、昭和四十一年に上梓した『渡邊白泉集』（八幡船社）の「小路かな」の表記を急逝する直前（昭43）に古俳諧にならい「哉」と漢字表記に改めたもので、古典的風姿への姿勢は徹底している。

十一月の酉《とり》の日には各地の鷲《おおとり》神社で酉の市が催され、開運・商売繁盛を願い、多くの人出でにぎわう。参道には福を掻き込むといわれる熊手のほか、おかめの面・宝舟などの縁起物を売る露店が立ち並ぶ。この句は参道脇の小路で熊手などを売っている露店に焦点を当てている。現世で福を掻き込む象徴としての熊手を、「冥途に似たる小路」と切り返し、あたかも冥途のみやげを売るうす暗い小路のイメージを髣髴させたところに、古俳諧にならった確かな俳意がある。

はじめ「冥途のごとき」としたところを、「冥途に似たる」と改めたところにも、白泉が古俳諧から学んだ一句の韻律への鋭敏な耳が働いている。「熊手売る」と「似たる」と脚韻を同調させ、また「冥途に」「似たる」と、脚韻と頭韻を同調させた韻律の見事さも古典的な格調を高めている。

東京に帰ってきた白泉は、三省堂系の同文館に勤めるようになった。そして一日の勤めを終えた夜は三省堂出版部の同僚だった稲垣宏、石原直温、新しく入社した湯浅富夫（のちイチジク製薬常務）と神田で飲んだり、石原の家で麻雀に興じたりしていた。（「渡邊白泉という人」既出）その一方、阿部青鞋宅で古俳諧研究と実作に没頭していた。

阿部青鞋は古俳諧研究の意図について、後に次のように言っている。

それまで俳句におしつけてきたもの、いわば近代の文学的意識過剰を一切解消しても、なおそこに不死鳥のように存立する俳句の命脈を、私たちは伝統をさかのぼって一途に尋ね直し、自然に対しては、作者が構造するのではなく、自然がする構造に素直に参加するやり方をとった。そうしてそれまでそういうことを等閑にしてきた片手落ちを恥じた。（八幡船社『小澤青柚子集』の「解題」昭45）

48

春昼や催して鳴る午後一時

『渡邊白泉句集 拾遺』昭和十八年

初出は筑摩書房版『現代俳句集』（昭32）。制作年は朝日文庫『富澤赤黄男 高屋窓秋 渡邊白泉集』（昭60）に「昭和十八年」とあり、それに従う。

この句も上五を「春昼や」と切字「や」で切り、下五を「午後一時」と名詞で結ぶ構造。俳文学者の田中道雄は、この構造が芭蕉俳諧において顕著になることを統計的に実証し、その典型である「古池や」の句の構造を「F形式」と命名している。この句の読み解きの主眼は中七の「催して鳴る」の俳意を感受するところにある。

戦前から戦後にかけて、多くの家には家族が集まる居間の柱の上部に大きな柱時計が掛けてあった。一般のタイプは、八角形の木製の枠の中に円い文字盤とそれをおおうガラス盤が嵌め込まれており、その下の木製の枠の中に振り子があるもの。ねじ巻き式で、一時間単位で時間を示す数だけ鳴るのだが、いきなり鳴り出すのではなく、鳴り出す前にそれとわかる微妙な音を立てる。それが「催して鳴る」である。催してからゆったりと「ぼーん」と一つ鳴る。そのやゝくぐもった音が春昼のけだるい雰囲気と絶妙に同調して、その雰囲気が増幅されるのである。

49

檜葉の根に赤き日のさす冬至哉

『白泉句集』昭和十八年

初出は「俳句界」昭和二十一年十一・十二月合併号。「俳句界」は昭和二十一年八月、大阪で田中嘉秋が創刊した俳句総合雑誌。筑摩書房版『現代俳句集』（昭32）では「檜葉《ひば》垣に赤き日のさす冬至かな」の表記。

この句も「熊手売る冥途に似たる小路哉」と同様、下五を「冬至哉」と漢字表記の切字「哉」で結び、古俳諧の風姿を重んじたもの。檜葉の垣根の根元に冬至の夕日が当たっている光景を捉えたところに俳意が生まれた。家のまわりの囲いとして植えられた檜葉の生垣は種類や形は様々である。密集した檜葉を高さ二、三メートルに切り揃えたものや、同様の高さで円筒形に刈り込んだものを少し間を空けて植えたものなどが、よく見られる。冬至の赤く染まった弱々しい夕日が、斜めに檜葉の根元にさしている光景はもの悲しい憂愁感を呼び起こす。

この年（昭18）の四月、三省堂系の同文館を退職。昭和十一年から勤めた出版業を離れて、損害保険統制会に勤めた。

赤土の大き穴ある枯野かな

『白泉句集』昭和十八年

50

この句は一見、何の変哲もない句のように見える。だが、そうではない。遠くまで拡がっている蕭条たる枯野に赤土が露出した大きな穴を発見したのが、新しい俳意である。しかも、それは現在の時間を超えている。古代の火山の噴火による火山灰の風化物からなる赤土の大地にぽっかりと空いた赤土の大きな穴。それは自然陥没によるものか、人為的なものか分からないが、赤土の大地も大きな穴も時間の堆積物である。ここには現在の時間を超えた歴史的な時間へのまなざしがある。

この句も前出「檜葉の根に」と同様、下五を「枯野かな」と切字「かな」で結んだ古俳諧の風姿を重んじたもの。このように、戦中の白泉は古俳諧、特に「猿蓑」を中心とする蕉風俳諧の格調高い風姿に倣い、その風姿と俳意の具現を目ざしていた。

初出は稿本句集『白泉句集』（昭44）。

金子兜太にも、

暗黒や関東平野に火事一つ

という秀句があり、暗黒の広大な関東ローム層の中に、ぽつんと一つ火事の明かりを発見したところに、現代的な俳意の発見がある。この句は現在の時間を捉えており、白泉の句のような時間の堆積へのまなざしは見られない。

51

あとあしを伸ばし日暮るゝ蟇《ひきがへる》

『白泉句集』昭和十八年

初出は現代俳句協会の機関誌「俳句芸術」の第二輯（昭23・12）で、「あとあしをのばして暮るゝひきがへる」の表記。筑摩書房版『現代俳句集』（昭32）では「あとあしを伸ばし日暮るる　蟇《ひきがへる》」の表記。八幡船社版『渡邊白泉集』（昭41）では「あとあしをのばし日暮るゝ蟇《ひきがへる》」の表記。

「蟇《ひきがへる》」は大型の蛙で、暗褐色の背中に疣《いぼ》があり表皮はだぶだぶに弛んだ感じで、その姿は醜悪《グロテスク》である。夏季に、昼間は物陰や縁の下などうす暗い所に棲んでいて、夕方から夜間に這い出してきて昆虫や小虫を捕食する。這う動作は緩慢である。

この句は日暮れが遅い夏の夕暮れに物陰から這い出してきた蟇が、のそりと鈍重に後足を伸ばして動いた瞬間に焦点を当てている。「あとあしを伸ばし」が蟇の本情をよく捉え、俳意が立ち上がってくる。蟇の後足を伸ばした緩慢な動作は、夏の日暮れの遅い暮れ方の情趣と絶妙に照応している。

52

鳥籠の中に鳥飛ぶ青葉かな

『白泉句集』昭和十八年

初出は前句と同じ「俳句芸術」の第二輯（昭23・12）で、「鳥籠のなかに鳥とぶ青葉かな」の表記。筑摩書房版『現代俳句集』（昭32）および八幡船社版『渡邊白泉集』（昭41）では、共に戦後の作として「鳥籠の中に鳥とぶ青葉かな」の表記で収められているが、『白泉句集』では「戦中」とあるので、それに従う。

この句は鳥籠の中を飛ぶ小鳥と、その外に繁る青葉という入れ子型になっている。青葉の繋りの中に吊るされた鳥籠の中を飛ぶ小鳥に焦点を当てたところに俳意がある。

初夏の生き生きとした生命感に溢れた青葉の繋りと、それに包まれた鳥籠の中を自由に飛んでいる小鳥（止まり木を自在に往復して飛び回っている小鳥）のイメージが合わさって、色彩も鮮やかなイメージと、生き生きとした生命感が伝わってくる。全体として明るいイメージである。

だが、自在に飛び回る小鳥は「鳥籠の中」の小鳥である。本来、青空や青葉の木々を自由に飛び回る小鳥が、その自由を掣肘されている。外部が初夏の生命感に溢れた青葉の世界であることで、かえって鳥籠によって外部の世界から遮断された掣肘感は強まる。白泉のまなざしはそういう小鳥に注がれ、そこにモチーフがある、と読み解くべきであろう。

同じく戦中に作った、

小春日や外に出られでとべる蝿

の句も、そういう読み解きの有力な補助線となる。

53

翁らの句をぬらしたるくさめ哉

『白泉句集』昭和十八年

初出は稿本句集『白泉句集』（昭44）で、昭和十九年に「汐顔亭」（木場で木材業を経営していた清水昇子の邸宅）で詠んだ二句の二つ前に置かれている。『渡邊白泉全句集』（沖積舎・平17）では昭和三十二年の句として収録。八幡船社版『渡邊白泉集』（昭41）の「解題」では阿部青鞋がこの句を「翁らの句をぬらしたるくさめかな」の表記で引用し、戦中の句としている。したがって『白泉句集』に従って昭和十八年の作とする。

阿部青鞋が「解題」で、「この著者や私をして古俳句を耽読させたことがあるが、その頃の事情をとめどなく伝える句である」と書いているように、この句の読み解きには、戦時下における青鞋宅で行われた古俳諧研究会という有力な補助線を引かなければならない。そこで、まず、昭和二十年までの古俳諧研究会のあらましに触れておこう。

白泉が所蔵していた勝峯晋風編『日本俳書大系』全十七冊（既出）をテキストにして、白泉・青鞋・青柚子・三橋敏雄・清水昇子・渡辺保夫が主に青鞋の家に集まって始めた古俳諧研究は、三橋敏雄によれば、具体的には次のようなものだった。

（『日本俳書大系』を）回し読みして、自分が気に入った句を五十句、次の句会までに書き抜いてくるとか、おもしろいと思った句の短い鑑賞文を書いてくるとか、そういう句会です。（略）あと、文体模写をしました。芭蕉や蕪村や一茶の俳句の文体模写とかね。即吟の勉強としては、一晩に三百句作る。（『証言・昭和の俳句 下』角川選書・平14）

しかし、十七年六月のミッドウェー海戦の大敗の転機につづく、翌年四月の連合艦隊司令長官山本五十六の戦死によって戦局は容易ならぬものとなり、会員たちも次々と欠けていった。同年七月、三橋は横須賀海兵団に入団。秋には渡辺保夫が戦病死。十九年七月、白泉は横須賀海兵団に入団。九月に青柚子が陸軍に応召。二十年の早春、昇子は長野へ、五月、青鞋は岡山へと疎開してゆく。かくして、太平洋戦争下の古俳諧研究会は消滅したのである。(9)

この句も前句と同様、「哉」の止めによる古典的風姿。まず、「翁らの句」の「翁」に着眼することが先決である。俳諧史上において「翁」と言えば、芭蕉翁。すなわち、この句は『日本俳書大系』の第一巻『芭蕉一代集』の「猿蓑集」あたりを開いて、芭蕉・其角・丈草・凡兆らの句を青鞋や青柚子らと談じ合ったり、文体模写をしたりしている場面である。そのとき、誰かがくさめをして、その飛沫が芭蕉翁や其角、凡兆らの句を濡らした。「くさめ」を翁らの句をぬらしたる」と捉えた発想とその表現に上質の諧謔と俳意が滲み出ている。

54

大盥《オスタップ》・ベンデル・三鬼・地獄《ヘル》・横団

『白泉句集』昭和十九年

初出は筑摩書房版『現代俳句集』（昭32）で、「大盥《オスタップ》ベンデル三鬼地獄《ヘル》横団《よこだん》」の表記。八幡船社版『渡邊白泉集』（昭41）では稿本句集『白泉句集』（昭44）と同じ表記。

この句の読み解きにはずいぶん苦労したので、その苦労話もまじえて読み解くことにする。

私は平成十二年ごろ、ちくま学芸文庫の『現代俳句 上下』（平13）の執筆に没頭していた。同時に十数年勤めた都立三田高校を定年退職した後、横浜の聖光学院中・高等学校の国語教師もしていた。三田高校は第一学区内では日比谷高校に次ぐ名門校だったため、早くからデジタル化が進んでいて定期試験問題作成や成績処理などはパソコンで行っていたが、まだインターネットは導入されていなかった。聖光学院は栄光学園と並んで全国でも屈指の東大進学校なので、定期試験問題作成や成績処理はもちろん、生徒もマルチメディア教室で各自パソコンを使った授業を受けていた。インターネット環境も整っていた。私は以前ワープロを使っていたため、ワードは何とか使いこなせたが、インターネットは手に負えなかった。したがって、『現代俳句 上下』の執筆にはもっぱら神奈川県立近代文学館・俳句文学館・国会図書館などに足を運んで、逐一参考文献を繙かねばならなかった。

この句は昭和十九年六月、応召し、横須賀海兵団に入団し、そこでの海軍生活を踏まえた句だが、素手で立ち向かっては全く歯が立たない。ブレーンストーミング（次々と連想を展開する脳の攪拌）で作られていることは推測できても、「大盥《オスタップ》・ベンデル・三鬼」などがどういう連想で繋がっているのか、全く分からないだろう。私は若いころ（昭和五十年前後）、神田明神近くの湊楊一郎邸で三谷昭・三橋敏雄の四人で新興俳句研究会を行っており、三人から「京大俳句」弾圧事件に係わる白泉の父親からの三鬼の寸借詐欺事件を聞かされていたので、この句の五つの言葉がどういう連想で繋がっているのかは、すぐ分かった。「ベンデル」もどういう含意かはすぐ分かったが、具体的に何なのかは分からなかった。八方、文献に当たったが、逐一文献を繙くやり方のアナログ人間の私には歯が立たなかった。才気溢れる白泉にふさわしいブレーンストーミングの異色の句なので、『現代俳句 上下』にぜひ収録したかったが、断念せざるを得なかった。

それから約十年後、何とかweb検索にも慣れ、「オスタップ・ベンデル」の検索からイリフとペトロフの合作小説『十二の椅子』に辿り着き、この句を読み解くことができた。それは『挑発する俳句 癒す俳句』（筑摩書房・平22）の『白泉句集』の章に収録してある。web上にはフェイクもあるが、web情報や国会図書館などのデジタル情報なくしては、白泉の他の句の読み解きも危ういのである。

というわけで、以下、改めて読み解いておこう。この句の読み解きには、まず、「京大俳句」弾圧事件での白泉の検挙に関して、今まで極めて濃密だった白泉と三鬼の親交が破綻した事件を知らなければならない。白泉が京都五条警察に勾留されていたとき、三鬼は白泉の父親の家を訪れ、白泉の釈放工作という名目で寸借詐欺を働いたのだ。寸借詐欺の被害者は白泉だけではなかった。一人だけ検挙されない三鬼は不安がつのり、弁護士の湊楊一郎に実情を調べてくれと頼み、二人で京都に行った。三鬼が検挙される（昭15・8・31）数日前の晩夏のころである。その折、三鬼は五条署の白泉に会いに行くが、実家からの便りで三鬼の寸借詐欺を知っていた白泉は不愉快で会おうとはしなかった。白泉は最晩年、そのことをはっきりと書き遺した（「好日」昭43・11）。白泉の心の傷がいかに深かったかを物語っている。この事件で二人の濃密な親交は破局に至り、以後、生涯修復されることはなかった。

次に、当時の海軍生活と、翻訳小説という二つの補助線を引いてみなければならない。前者の補助線は、この句と同じ昭和十九年、特設監視艇隊員として母艦に勤務したときに作った次の句。

襯衣《しやつ》袴下《こした》番兵凍る洗濯日　『白泉句集』

「大盥《オスタップ》」とは大きな洗濯盥のこと。すなわち、洗濯当番の新兵が上官たちの襯衣や袴下（ズボン下）を洗濯するための大きな洗濯盥。したがって、「大盥《オスタップ》」とは海軍という真空地帯の内部構造や、そこでの過酷な苦役を表わすコノテーション（複合的な含意）である。次に「ベンデル」とは何か。これは後者の補助線を引かねばならない。すなわち、ソ連の小説家イリヤ・イリフとエウゲニー・ペトロフの合作小説『十二の椅子』（1927・昭2）の主人公で、すばしこく気の利く詐欺師「オスタップ・ベンデル」。白泉は「大盥《オスタップ》」（苦役）から掛詞的に詐欺師「ベンデル」を連想したのだ。したがって「ベンデル」は憎むべき者を表わすコノテーション。これで、詐欺師「ベンデル」から次の寸借詐欺師「三鬼」へと連想はなめらかに繋がっていく。「地獄《ヘル》」への連想は説明するまでもない。「横団」は白泉が入隊した横須賀海兵団の略称で、海軍という「地獄」の世界を表わすコノテーション。同時期に白泉が「兵舎の八階より飛下りし者あり」という詞書で作った、

海軍を飛び出て死んだ蟇《ひきがへる》

が明示するように、海兵団内部では士官や下士官による兵、特に新兵や最下級の二等水兵らへの理不尽な暴力的・屈辱的な制裁が日常化していた。

つまり、この句の白泉のブレーンストーミングは過酷なもの、憎むべきもの、恐ろしいもの、むごいものへと次々とイメージが攪拌されていく。その中に「三鬼」も入れて三鬼を痛烈に揶揄してもいるが、「大盥《オスタップ》」で始め「横団」で結んだこの句のモチーフは、海軍という「地獄」の憎むべき過酷な内部世界を白日に晒すところにあった。

『十二の椅子』は一九二七年（昭２）雑誌に発表され、翌年単行本として出版。読者の熱烈な歓迎を受けた。ゴーリキーが高く評価し、詩人マヤコフスキーも「特筆大書すべき小説だ！」と評した、[10]という。日本でも昭和九年に翻訳され（広尾猛訳『十二の椅子』・ナウカ社）、読書家の白泉は、それを読んでいたのである。ちなみに、白泉の長男渡邊純氏の話では、純氏が慶応義塾大学に進学したとき、白泉は『十二の椅子』など外国文学を読むことを勧めたという。

この句は、白泉自ら、

わたくしの従軍日記ともいうべきもので、尽忠奉国の風潮のもとにあって、繁忙な軍務に追われながら、ひとりひそかにこれらの句作に心を労していた（『白泉句集』の「あとがき」）。

と記しているように、横須賀海兵団で水兵として軍務生活を送っている最中の作である。この句を含む海軍生活を詠んだ句について、戦後、兵役生活を回想して詠んだという説がある。それが誤りであることは、三橋敏雄の言葉によって証明されている。三橋は「敗戦の年の九月に復員した白泉は（略）、ある日軍務についていたときの草稿作品を徐ろに見せて下さった」（「特集・敗戦直後の俳壇Ⅱ」の「渡邊白泉」―「俳句研究」昭55・8）と書いている。

この句はブレーンストーミングの連想の連鎖として名詞を連ねた異色の句だが、富澤赤黄男にもブレーンストーミングによる句がある。

風、夕日、鴉、斥候、地平線

二人の詩法は、高屋窓秋の「言葉が言葉を生み、文字が文字を生む」（「別れの言葉」―「馬酔木」昭10・5）の詩法に淵源していたと言えよう。

海軍生活を詠んだ句は「や」「かな」を用いた句も若干混じるが、総体的に古俳諧の風姿を体現した文体から新興俳句時代のイロニイなどを多用した歯切れのよい文体に戻っている。

海軍生活を詠んだ句は、戦後すぐには発表されなかった。人々がそれらの句に接したのは、戦後十余年を経た昭和三十二年、筑摩書房版の『現代俳句集』においてであった。

55

夏の海水兵ひとり紛失す

『白泉句集』　昭和十九年

初出は前句と同じ筑摩書房版『現代俳句集』（昭32）。八幡船社版『渡邊白泉集』（昭41）にも収録。

昭和十九年六月二十五日、世田谷の白泉の家に阿部青鞋、小澤青柚子らが集まり、白泉応召送別句会が開かれた。白泉の応召を知った三省堂や同文館で白泉と同僚だった稲垣宏らは、あの小柄な白泉が応召するようでは、戦争はもうだめだ、などと言っていた(11)。その言葉どおり、太平洋諸島での戦闘や海戦は米軍によって次々と全滅、退却させられていった。十九年六月、マリアナ沖海戦敗北。サイパン島守備隊三万人全滅。十月、レイテ沖海戦敗北。二十年二月、硫黄島守備隊二万三千人全滅。

ここで、横須賀海兵団入団以後の白泉の海軍生活のあらましに触れておこう。横須賀海兵団は横須賀市楠ヶ浦にあり、白泉は入団して新兵教育を受けた。精神教育・技術教育・体育の武技など厳格な訓練が行われた。小柄な体軀の白泉には武技の訓練はさぞ辛かったろう。その後、厚木・茂原（千葉県中部・上総）・大東岬（千葉県の上総一宮と大原の中間にある太平洋に面した岬）などの航空基地隊勤務を経て、土浦航空学校で気象講習を受ける。その後、鳥島と小笠原諸島の間を哨戒線として米軍艦隊や潜水艦、航空戦闘機などの監視活動を任務とする黒潮部隊の特設監視艇隊に所属し、偵察・監視に従事した(12)。白泉の任務は、この句の直後に、

気象暗号解けざるうちに台風来《く》
台風や風速計を手に縛る

とあるように、洋上の気象観測が主であった。

黒潮部隊は日本海軍第五艦隊第二十二戦隊の秘匿名。特設監視艇はカツオ・マグロ漁船など百トン～百五十トン級の大型漁船を改造したもので、十五人～二十人が乗り組んだ。[13] 白泉が特設監視艇で任務に就いていたころは、すでにサイパン島は玉砕。八月一日、第二十二戦隊は第五艦隊所属から連合艦隊直属部隊となり、司令本部は横浜港大桟橋近くの英国総領事館（現・横浜開港資料館）に置かれた。[14]

この句は稿本句集『白泉句集』（昭44）に「監視艇隊に配乗、母艦勤務」と詞書がある十七句中の第七句。この句を読み解くには、まず十七句中の次の二句に着眼する。

艦底に夜ごと兵らの尻を打つ
夕焼の甲板《かんぱん》下士を誰《た》が嘗《な》めし

母艦においては士官や下士官らによる新兵（多くは二等水兵）や最下級の二等水兵に対して暴力的な制裁や屈辱的な強制行為が日常化していた。また、白泉は横須賀海兵団の兵舎で起こった事件について、この句の読み解きに重要な示唆となる句を詠んでいる。「兵舎の八階より飛下りし者あり」として、

海軍を飛び出て死んだ蟇《ひきがへる》

士官や下士官らによる日常化した理不尽な暴力的、屈辱的な行為。それによる兵舎で起こっ

た一水兵（新兵や二等水兵など）の悲劇に対して、この「夏の海」の句は、母艦の甲板で起こった一水兵（新兵や二等水兵など）の悲劇を詠んでいる。非人間的な権力、暴力が支配する海軍という世界から抜け出すため、甲板から身を投げた一水兵の死を、「水兵ひとり紛失す」と、物の紛失として表現したイロニイがこの句の命である。この痛烈なイロニイによって、人間を物として処理する海軍の非人間的な権力、暴力の構造や、人間性の喪失を鋭く抉り出した。太平洋戦争末期、海軍という組織の内部に所属しながら、こういう作品を書いた俳人は白泉以外にはいない。

霧の夜の水葬礼や舷かしぐ

『白泉句集』　昭和十九年

56

初出は前句と同じ筑摩書房版『現代俳句集』（昭32）。八幡船社版『渡邊白泉集』（昭41）にも収録。この句は稿本句集『白泉句集』（昭44）では「グラマンの編隊に襲はる　十一句」という詞書のある十一句の直後の句。十一句の中には、

白日に挙げし戦死の掌《て》を見たり
戦友の耳などありしところかな
機銃座や黙して死固の座となれる

など、低空飛行してきた米軍の誇るグラマン戦闘機（F6F「ヘルキャット」。日本の「零戦」を駆逐したことで知られる。）からの機銃掃射を浴びて、次々と斃れてゆく戦友を詠んだ句が含まれている。したがって、この句は敵機が去った後の霧の深い夜に、戦死した戦友たちを追悼する水葬礼の場面を詠んだ句である。

白泉が特設監視艇に乗った昭和十九年後半では、監視エリアは小笠原諸島から鳥島あたりの水域が中心だった。すでにマリアナ諸島を占領した米軍は、日本海軍が漁船を改造して監視艇として利用していることを知っていた。米軍機は監視艇を発見すると、直ちに低空飛行を行い、まず翼で監視艇のアンテナ線を切り、その後で船体に銃爆撃を加えた。監視艇は一隊約十隻で監視に当たり、三交代であったが、同年末期には約三十隻に増強された、という。(15)しかし、二十年二月、硫黄島の守備隊が全滅して以後は本土沿岸の活動へと退却した。

この句の水葬礼は「舷かしぐ」とあるので、白泉が乗り組んだ一隻の監視艇上で行われたものとも思われる。しかし、一隊約十隻で監視に当たったというから、他の監視艇でも戦死者は出たはずである。したがって、母艦のトン数、大きさは不明だが、母艦の甲板上で行われた水葬による追悼儀式として読み解いておく。

戦友たちの遺体を納めた木棺は軍艦旗に覆われ、甲板に設けられた台の上に乗せられ、全隊員は左舷ないし右舷に添って登舷礼のように一列に整列する。この句の次に、

若き頰ならべ水葬礼を吹く
背にひゞく水葬礼の喇叭かな

とあるように、全隊員が敬礼する中、喇叭による葬送の曲とともに厳かに葬られる。棺は台の上をすべって次々と海底深く沈んでゆく。

全隊員が左舷ないし右舷に添って一列に並んだため、その重みで舷がやや傾いたのを、「舷かしぐ」と即物的に表現した。あるいは、母艦は大きくて、実際は傾かず、虚構のレトリックかもしれない。いずれにしろ、ここが、この句の感受の眼目である。そこに戦友の霊への哀悼、鎮魂の思いの深さが込められている。それをつつむ「霧の夜」という背景も、その思いの深さを増幅する詩的効果を上げている。

白き俘虜と心を交はし言交はさず

『白泉句集』 昭和二十年

57

初出は前句と同じ筑摩書房版『現代俳句集』（昭32）で、「白き俘虜と心を交はし言交《こと》はさず」の表記。八幡船社版『渡邊白泉集』（昭41）にも筑摩書房版と同じ表記で収録。

この句はどういう場所で、どういう場面を詠んだものか。それを読み解くには黒潮部隊（連合艦隊直属の第二十二戦隊）に関する知識と、稿本句集『白泉句集』（昭44）に収められた昭和二十年の句を見なければならない。

「帰港、父の訃に接す 二句」という詞書のある次の二句、

　父の訃や埠頭の雪が腿まで来《く》

　父すでに仏壇にあり疣・胸毛

この二句につづく六句の中には、

　俘虜若し海色の瞳に海を見つ

白き俘虜煙草を欲すマッチも置く
白き俘虜と心を交はし言交はさず
かの俘虜と縮尻《しくじり》二水といづれ憂き

がある。そして、その後には五月二十九日に直接目の当たりにした横浜大空襲の句が続いている。

「帰港」とあるが、これは同年二月に横浜港に帰港したのである。黒潮部隊の司令本部は横浜大桟橋の近くの英国総領事館（現・横浜開港資料館）に置かれており、白泉が本部に戻っていたときに、同月、父徳男の訃報に接した。渡邊純氏の話では、祖父（徳男）は亡くなる前まで世田谷の家に同居していたとのこと。父の葬儀に出た後、再び、大桟橋近くの司令本部に戻ってきた。この句はその本部内に収容されている俘虜の米兵との一場面を詠んだものである。

俘虜若し海色の瞳に海を見つ

とあるので、俘虜の米兵は美しい碧い瞳をもつ若い兵で、窓ごしにすぐ近くの埠頭の海が見える。白い肌に碧い瞳の若い米兵。収容口の前を通ったとき、彼は手を口元に当てる仕草をした。それに応えて、無言で煙草といっしょにマッチも置いた。彼はにっこりと無言でうなずき、会釈を返した。

これがこの句の「心を交はし言交はさず」である。若い米兵の無言の求めに応じての無言のヒューメインな心と行為。それが彼に伝わり、無言の感謝の心と行為として返ってくる。この句の底にあるのは、互いを敵とする不条理な関係にありながら、互いに国家権力によって戦争に投じられ非人間的な行為をしなければならなかった人間として同じ存在なのだ、という認識であり、そこから発するヒューメインな心である。

58

司令等の倉庫燃えをり心地よし

『白泉句集』昭和二十年

初出は前句と同じ筑摩書房版『現代俳句集』（昭32）で、「司令らの倉庫燃え居り心地よし」の表記。稿本句集『白泉句集』（昭44）では「横浜空襲 十句」と詞書のある十句中の第五句。

戦争末期の昭和二十年五月ごろになると、日本の沿岸部、主要な港湾に対して米軍機による機雷の投下が激しくなり、沿岸での海上輸送は困難になった。そのため、白泉らの特設監視艇は掃海だけでなく、輸送にまで従事するようになった[16]。

他方、本土では各地の主要都市に対してB-29爆撃機などによる空爆が激しくなっていった。東京は何回も空爆を受けたが、特に三月十日深夜には約三百機のB-29による約千七百トンの焼夷弾が投下された。この無差別爆撃の大空襲で、江東区・墨田区・台東区など下町を中心に広範囲が焼け野原となった。死者約十万人、罹災者約百万人、罹災家屋約二十七万戸といわれる。（東京大空襲・戦災資料センター）

横浜大空襲は五月二十九日の白昼に行われた。横浜市の中心地域にB-29爆撃機約五二〇機により約二千六百トンの焼夷弾が投下された。この無差別爆撃による被害は直後の公式発表によれば、死者約四千人、重軽傷者約一万人、罹災者約三十一万人とされる。（横浜市史資料室）市の中心地域で無事だったのは高台の山手地区のみだった。

白泉はこの横浜大空襲を目の当たりにした。横浜大桟橋の港湾近くには横浜赤レンガ倉庫や、日本郵船・三菱などの民間倉庫が数多くある。白泉は「海を見て俘虜も憩へり倉庫裏」という句も詠んでいるので、「司令等の倉庫」とは、黒潮部隊の司令本部近くにあった本部所轄の倉庫だろう。

海軍の階級は、大きく「士官」「下士官」「兵」と三つの階級に分かれる。「司令等」とは黒潮部隊や特設監視艇の母艦などで、日常的に白泉ら「兵」に対して理不尽な権力や暴力を揮ってきた「士官」らを統轄する司令本部の中枢士官らを指す。自分たち「兵」を傷めつけてきた「司令等」の所轄する大事な倉庫が焼夷弾の爆撃を受けて真っ赤な炎につつまれ、勢いよく燃え上がっている。その光景に対して、「心地よし」と抑圧された感情を直接的に小気味よく噴出させた。そこに、白泉がこの句に込めた眼目がある。

白泉の句には間欠的に激しい情念の爆発が現われることは以前、指摘した。この句もその一つで、日ごろ、司令等によって抑圧され、鬱屈した情念を、彼らの大事な倉庫が炎につつまれる光景を目の当たりにして、激しく噴出させたのである。司令等への激しいルサンチマン（弱者の怨念）の激発である。

白泉の司令等へのルサンチマンはこの句だけでは鎮まらなかった。この句につづいて、

司令戦死女のもとへ急ぐ途次
自転車を溝へ飛ばして司令戦死
司令戦死笑はぬ兵らなかりけり

と痛烈に揶揄している。

玉音を理解せし者前に出よ

『白泉句集』昭和二十年

59

初出は稿本句集『白泉句集』(昭44)で、「函館黒潮部隊分遣隊」と詞書のある三句中の第二句。昭和二十年七月中旬、青函連絡船の大部分が空襲で喪われ、本土と北海道の連絡がとだえた。白泉はこのころ、函館黒潮部隊分遣隊として派遣され、食料の缶詰などを積んで、函館と大湊の間を往復する輸送活動に従事していた。そして、この任務が黒潮部隊での最後の活動となった(16)。

この句は昭和二十年八月十五日正午、函館黒潮部隊分遣隊にてラジオによる玉音放送を聴いたときの長官や兵たちの言動を詠んだ三句中の第二句。

私は昭和四十一年十月五日、三橋敏雄の第一句集『まぼろしの鱶』の出版記念会が霞が関の霞山会館で開かれたとき、約二十年ぶりに姿を見せた白泉を末席から見た。それが一つのきっかけとなり、高柳重信の慫慂もあって新興俳句の研究を始めた。しかし、この句は、既に鑑賞した「大盥《オスタップ》・ベンデル」の句とは違う理由で、長年読み解けなかった。白泉独特のイロニイを打ち出した句であることは分かったが、肝心の「前に出よ」が具体的には分からなかった。

そこで、読解に関する類似のエピソードも混じえながら、読み解いていこう。この句が私だけでなく理解しくいことには、二つの理由がある。一つは同時代を共有した人にはその時代の慣習や現象は分かるが、後の時代にはそれらが風化して分からなくなること。日中戦争、太平洋戦争に従軍した俳人は白泉や波郷ら大正初期生まれから鈴木六林男・佐藤鬼房・金子兜太・三橋敏雄ら大正後期生まれの俳人である。したがって、彼らはこの句の「前に出よ」に込められたイロニイを直ちに具体的に理解し得たであろう。

その一人である金子兜太が、いとうせいこう等と現代俳句を語り合うラジオ番組に出演していたとき、「川名くん、高柳（注・高柳重信）の「夜のダ・カポ」（注・「夜のダ・カポ／ダ・カポのダ・カポ／噴火のダ・カポ」）とは何かね」という電話があった。私は「くりかえし」を表わす音楽用語であることと、その暗喩の具体的な内容（肺結核による夜中の喀血の反復）を手短に答えたが、同時代のライバルであった俳人が、ライバルの句を読めなかったことに衝撃を受けた。現在、「夜のダ・カポ」の暗喩を具体的に読み解ける俳人は、ほとんどいないだろう。

また、最近、将来を嘱望されている三十代の新鋭俳人が西東三鬼の有名な「水枕」の句を、「熱で朦朧とした病床、目覚めて「ガバリ」と起き上がると、そこにはただ寒い海があるばかり。」と鑑賞したのを目にして、「昭和も遠くなりにけり」の感を深くした。

もう一つの理由は、戦後俳壇においては精緻で分析的な読みがほとんどされなかったこと。

二十年代の社会性俳句、三十年代の前衛俳句、そして四十年代末期の「物と言葉」論争に至るまで論争は激しく行われたが、精緻で分析的な読みに基づくものではなかった。軍隊生活を体験した俳人たちも、白泉のこの句を精緻に具体的に読み解くことを誰一人しなかった。精緻で分析的な読みが確立したのは、五十年代後半から平成にかけて、戦後生まれの林桂・夏石番矢・仁平勝らによる子規や、高柳重信・加藤郁乎らを対象とした批評行為によってであった。

この「玉音を」の句に初めて具体的に言及したのは神田秀夫である。

列から一歩「前に出る」のは、ほめられる時も叱られる時もあるが、ここは「前に出よ」といっては教育してきた下士官に対する作者の精いっぱいの皮肉であろう。（「白泉の噴出」既出）

この昭和六十年に書かれた簡明な評よって、「前に出よ」への私の長年の不明はようやく氷解した。軍隊生活では何ごとによらず、士官や下士官たちは兵に対して、一歩前へ出て行動・発言するように教育し、兵たちはその規律に従った。軍隊生活を送った俳人たちはそういう規律を体験してきたので、この句に直ちに反応できただろうが、戦後教育を受けてきた私には難解だったのである。

では、読み解いてみよう。「玉音」とは天皇のお言葉。もちろん、「玉砕」「英霊」などの言葉と同様、天皇崇拝の皇国思想を国民に鼓吹するための体制側が作り出した言説。玉音放送は「朕深ク世界ノ大勢ト帝國ノ現状トニ鑑ミ云々」で始まる漢文荘重体のむずかしい言葉だったうえに、ノイズがひどくて、ほとんど聴きとれなかった、という。この句はそうした状況を踏まえている。

兵が上官に返答したり、制裁を受けたりするときは列から一歩前へ出るのが軍隊の慣わし。玉音を理解できない兵隊が制裁を受けるために一歩前に出るべきところを、ここではそれをひっくり返して「理解せし者前に出よ」とした。もちろん、玉音を理解し得た優秀な兵隊を賞賛するためではない。日ごろ、「前へ出よ」と命令してきた上官の言葉を鸚鵡返しに使った上官への意趣返しである。「前に出よ」によって玉音を理解できない上官の狼狽ぶりへの痛烈なイロニイを打ち出した。

この句の後の

玉 音 終 る や 長 官 の 姿 無 し

も、日ごろ、兵に対して皇国思想を吹き込んできた長官の豹変ぶりへの揶揄であろう。

ひらひらと大統領がふりきたる

『白泉句集』昭和二十年

60

初出は筑摩書房版『現代俳句集』（昭32）で、「ひらひらと大統領が降りきたる」の表記。八幡船社版『渡邊白泉集』（昭41）にも筑摩書房版と同じ表記で収録。

八月十五日正午の玉音放送により、第二次世界大戦が日本の敗北によって終結。敗戦国日本を統治し、占領政策を実施するため、八月三十日午後二時ごろ、連合国軍最高司令官ダグラス・マッカーサーがバターン号にて厚木飛行場に到着した。彼はタラップに踏みだすとすぐには下りず、一八〇度周囲をゆっくりと見回した後、タラップを下って地に降り立った。これは十数人の新聞記者を意識したパフォーマンスであった。

九月二十七日、天皇が連合国軍総司令部にマッカーサーを訪問したとき、長身のマッカーサーの脇に小柄な天皇が立ち並んだ写真はメディアによって国民に伝わり、日本の敗北を象徴する写真として大きな衝撃を与え、国民の目に深く刻まれた。この写真と同様、厚木飛行場でバターン号のタラップに踏みだした時のカーキ色の軍服にフィリピン軍帽をかぶり、長いコーンパイプを銜えた有名な写真もメディアによって多くの国民の目に伝わり、大きな衝撃を与えた。

この句はマッカーサーがタラップに降り立った有名な写真を新聞メディアによって目にしたことから作られたものだろう。マッカーサーを「大統領」として、「ひらひらとふりきたる」と表現したところに白泉独特の諧謔があり、その裏に鋭いイロニイが込められている。そこを読み解くことが、この句のポイントである。

米兵の本土への進駐は日本国民にとって極度の恐怖だった。特に性的凌辱に対する恐怖は異常に強く、デマゴギーが日本中をかけ巡った。ところが、白泉はそうした恐怖や屈辱を匿して、天女のごとくひらひらと大統領が降ってきた、と白泉一流のおどけで軽やかに詠んだ。それは俳諧的諧謔であるが、その裏に現人神裕仁に代わって新たな絶対的権力者が出現したモチーフを匿した反語的表現であろう。その後、マッカーサーは戦後日本の絶対的権力者として君臨し、全メディアの言論統制を敷き、国体を民主化する様々な施策を断行していった。

新しき猿又ほしや百日紅

『白泉句集』昭和二十年

61

初出は前句と同じ筑摩書房版『現代俳句集』（昭32）で、稿本句集『白泉句集』（昭44）と同様「終戦」という詞書がある。八幡船社版『渡邊白泉集』（昭41）にも同じ詞書と表記で収録。

この句の解釈については、「新しき猿／又ほしや」という構文として「猿」と「又」を切り離し、「又」を副詞と捉えた意表を衝くものがあった。軍部に操られた現人神を戴く皇国国家が滅んだ後、またそれに代わる傀儡国家や人物を「新しき猿」の暗喩として読み解き、それをまた欲する国民の深層意識をアイロニカルに詠んだとするものである。それは白泉俳句の特徴に迫る鋭い読み解きである。だが、この句の生成の最初を示す句として、桃蹊書房の「俳句年鑑」（昭23・12）に、

まつしろの猿股ほしや百日紅

が発表されているので、その解釈は実証的には成り立たない。

八月十五日の敗戦は日本国民にとって、大きな悲しみであった。宮城前の玉砂利の上にひざまづく人々の姿もあった。反面、安堵や喜びでもあった。その感情は様々であって、とても言い尽くせない。たとえば、鈴木六林男は、

生き残るのそりと跳びし馬の舌

と詠んだ。戦争を生きのびたものの、喜びや解放感ではなく、虚脱感に囚われた心的情況が

「のそりと跳びし馬の舌」によって絶妙に表現されている。

鵙の岸女いよいよあはれなり　石田　波郷
寒燈の一つ一つよ国敗れ　西東　三鬼
雉子の眸のかうかうとして売られけり　加藤　楸邨

これらの句は敗戦直後の焦土や庶民生活への言いしれぬ悲しみや憤りの表現。他方、

雁啼くやひとつ机に兄いもと　安住　敦
焼跡に遺る三和土や手毬つく　中村草田男
戦争と平和と暮の餅すこし　原子　公平

などからは、荒廃した焦土ではあっても、いくさが終わり、つつましくも日々を生きる庶民の安らぎが伝わってくる。

白泉の句の「新しき猿又ほしや」は諧謔的な表現だが、いくさが終わった世の中になり、庶民のおだやかな暮らしや日常の安らぎへのささやかな願いを率直に吐露したものである。その庶民的なささやかな願いが「新しき猿又」という日常生活の身体的に密着したものに象徴されている。「百日紅」は夏の暑い日射しの中、生命感に溢れた鮮やかな赤い花が印象的である。それは「新しき猿又ほしや」と照応して、庶民的なおだやかな暮らしへの願いを増

幅させている。

いくさすみ女の多き街このあとのち

『白泉句集』昭和二十年

62

初出は前句と同じ筑摩書房版『現代俳句集』（昭32）で、「戦争《いくさ》すみ女の多き街このあとのち」の表記。

この句の読解の第一歩は、この句の構文をどのように捉えるかにある。そのためには現実を表わしている部分と想像を表わしている部分とを読み分ける視点がポイントになる。すなわち、一つは、上五の「いくさすみ」が戦争が終わったという現実で、中七下五の「女の多き街このあとのち」が敗戦後の街の様子を想像した部分とするもの。もう一つは「いくさすみ女の多き街」までが戦争が終わって街には女たちが多く見られるようになったという現実で、「このあとのち」が今後も女たちが街にあふれる様子を想像した部分とするもの。

結論的に、この句の構文は前者であろう。「いくさすみ女の多き街」を現実として、ここで切ると、「このあとのち」がとってつけたような舌足らずな表現だ。「女の多き街このあとのち」は

倒置法で、構文的には「このの
ち女の多き街」となるが、「女の多き街」の強調と音数律を整えるために倒置法にしたのである。すなわち、この句は「いくさすみ」という敗戦の世の現実から、やがて街に女たちが多く見られる現象を想像した構文である。

マッカーサーという新たな絶対的な権力者が本土を統治する占領下の街について「女の多き街このの
ち」と洞察した白泉の想像力は鋭い。白泉の洞察したように、戦後の街には配給の食料だけでは生活が困難なため、焼跡に立つ闇市に生活物資を求める女性たち、夫が戦死した寡婦たち、街角に立つ街娼たち、進駐軍兵士相手のオンリーたちなど、生きるための女性たちの姿が多く見られるようになった。やがて、アメリカのファッションを身にまとい街中を闊歩するアプレの若い女性たちも登場してくる。

戦後の主婦の生活力のたくましさを詠んだ句に、

秋風やかかと大きく戦後の主婦　　赤城さかえ　昭24

があった。

寒雲の二つ合して海暮る、

『白泉句集』昭和二十年

63

初出は「俳句界」昭和二十一年十一月・十二月合併号。現代俳句協会の機関誌「俳句芸術」第一輯（昭23・7）および筑摩書房版『現代俳句集』（昭32）には「寒雲の二つ合して海暮るる」の表記で収録。

白泉は一年余りの海軍生活を無事生きのびて、昭和二十年九月、復員した。世田谷区世田谷二丁目の自宅は、幸い戦火をまぬがれていた。白泉にはすでに二人の男の子がいたので、出征中に自宅を守った妻子三人および父（昭20・2死去）の生活の苦労は並大抵ではなかっただろう。復員した九月、応召前に勤めていた損害保険統制会が解散となったため退職。十一月、同統制会の同僚がはじめた太洋物産に入社。この会社はあやしげな闇ウイスキーを販売する少人数の会社であった。

この句は稿本句集『白泉句集』（昭44）の第二章「欅炎集」の中の戦中の古俳諧時代の句を収めた「散紅集」（昭16〜20）の最後に置かれた句で、昭和二十年の作。既に読み解いた、

春昼や催して鳴る午後一時

と同様、形式が内容を支え、内容が形式を支えるという古俳諧の格調を体現した見事な句である。夕刻、冬の海の上方の寒空にじっと動かずに広がっていた二つの雲が、いつの間にか合わさって海が夕闇につつまれていく、というものわびしい光景。白泉の句には存在の憂愁感を湛えたものが多いが、この句もその代表的な一つである。すぐれた詩人、俳人の作品には読み手の心がしんと鎮まるような孤独感や憂愁感が底流している。詩を生み出す詩人の根源がそこにあるからだろう。

白泉は戦中時代の作品の最後にこの句を置いた。それは昭和二十年に作った句ということもあろうが、閉塞した憂愁の時代をこの憂愁感で代表させ、締めくくろうとしたのだろう。

終点の線路がふつと無いところ

『渡邊白泉句集 拾遺』昭和二十二年

64

初出は石田波郷が昭和二十一年九月に創刊、編集した俳句総合雑誌「現代俳句」昭和二十二年八月号。「終点」と詞書のある二句中の第二句。

この句が詠まれる一年前の昭和二十一年の春に、岡山に疎開していた阿部青鞋が上京して来て、白泉・三橋敏雄と再会し、赤坂檜町在の某家で直ちに夜を徹して三吟歌仙を巻くという印象深い出来事があった。

都市の通勤者では平日、始発駅や終着駅を利用する人は多い。あるいは終着駅から他の電車に乗り換える人も多い。しかし、始発駅や終着駅の線路で、その端で線路が切れているところに目をとめる人は誰もいないだろう。この句は、その終点の線路が切れて、もう先が無いところに目を向け、それを異様なものとして捉えている。

私たちは、たとえば、湾内に長く架けられた桟橋の先端や、海に突き出た岬の先端などに立ったとき、不安や恐怖を感じる。その先端で桟橋や岬は切れていることが分かるからである。同様に、この句も終点の線路が先端で切れてその先がもうないことを発見したとき、ふと不安感を覚えたのである。普段、見慣れて何の変哲もないものが、思いがけない発見によって異様なものとして意識されたときの不安感が「ふつと無いところ」という突然の消失を表わす表現から如実に伝わってくる。

65

君は死に僕は故郷を食っちゃった

「現代俳句」昭和二十二年

初出は前句と同じ「現代俳句」昭和二十二年八月号で、「青柚子よ」という詞書のある一句。この句は「青柚子よ」という詞書が示すように、昭和十年代の新興俳句時代から戦中の古俳諧研究を通して、互いに詩的才能を競い、親交を深めた小澤青柚子の戦病死が伝えられたとき、青柚子を哀悼したものである。青春時代を互いに俳句に没頭して、文学的な友情と敬意を深めた青柚子への白泉の様々な思いはとても俳句や言葉で言い尽くせるものではない。

まず青柚子との文学的な親交と青柚子の俳句的な生涯のあらましに触れておく。

小澤青柚子は本名秀男。明治四十五年五月三十日、東京市本郷区（現・文京区）湯島に生まれる。昭和九年、早稲田大学高等師範部（国語漢文科）を卒業。翌年、東京市立板橋実科高等女学校（現・都立板橋高校）に就職。昭和九年には「句と評論」同人となり、自宅の旅館「都館」で開かれていた句会で白泉と切磋琢磨し合った。二人は共に鋭い詩的感覚の持主で、「句と評論」の編集者藤田初巳に将来を嘱望されていた。青柚子の句風は抒情的で繊細な感覚に特徴があった。

あきさめはぬれたる花を記憶せり　昭10
あきかぜはたとへば喬く鋭《と》き裸木《らぼく》　〃
日がよどみとんぼは石の痣となる　〃

これらは当時評判になったもので、いわば俳壇へのデビュー作であった。昭和十二年五月、白泉と青柚子を中心にして「風」を創刊。その後、「広場」で十三年末まで行を共にする。その間の作品には、

もののいはぬ馬らも召され死ぬるはや　昭13

のように、青柚子の特徴が出た句もあるが、

黒板に雪と書きたり雪が降る　昭13
我を撃つ敵を撃たんとして狙ふ　〃
のけぞりて青空を見て戦死せり　〃
ぬかるみを摑み運ばれて来て死せり　〃

など、白泉が得意とした反復表現や動詞の連続表現が見られる。二人がレトリックを競合していたことが窺える。

十六年以後、白泉らと古俳諧に没頭した時代には、

ある町の明治の屋根や冬霞　昭18

朧月幹より枝はわかれゆき　昭19

など、俳意を重んじた古俳句の文体を具現している。

昭和十九年九月、青柚子は応召、陸軍第一師団（徴兵区は東京）に入隊。当初、ソ連国境の黒河省孫呉に征き、その後南下して八月末に上海に到着。再び満州に向かったが、二十年三月十一日、満州牡丹江省綏陽県（現・黒竜江省東寧県）二道崗陸軍病院で戦病死した。三十二歳九ヶ月の夭逝であった。辞世の句は、

白馬の白き睫毛や霧深し

いかにも青柚子らしい、やさしく繊細な憂愁感を湛えたものであった。句集には生前『風吹く日』（『現代名俳句集 第一巻』教材社・昭16）と没後、八幡船社版『小澤青柚子集』（昭45）がある。白泉がこの句に込めた感慨は次のようなものだろう。

青春時代に共に新風を競い、親交を深めた才能豊かな青柚子よ。君は遠い満州の地で若くして逝ってしまった。残された僕はふるさとをなくしてしまったが、心のふるさととは胸の奥に生きているよ。

青春時代に親交を結んだ才能豊かな友の夭逝を深く悼むこの句は、私に次の句を思い起こさせる。

君はきのふ中原中也梢さみし　金子　明彦

この句は若き才能の夭逝を悼む句ではないが、中原中也と同じように早熟の詩才を謳われていた友の文学的な挫折を、文学仲間の視点から捉えた青春の挽歌であり、白泉の青柚子への思いと相通じるものがある。

ここで、新興俳句において優れた作品を遺した俳人たちの戦後における復権について記しておこう。戦後忘れられていた白泉は、四十年代後半から五十年代にかけて、三橋敏雄と高柳重信の篤い啓蒙と顕彰行為とによって復権した。しかし、新興俳句時代に白泉とともに清新な新風を謳われた青柚子は、平成の初期、厳密な実証的研究で知られる細井啓司の青柚子研究があったものの、復権には至っていない。

同様に、高篤三については細井と川名大による論考や細井の『高篤三句集』（現代俳句協会・平3）の出版があったが、復権は十分とは言えない。また、磯邊幹介についても、川名による句集『春の樹』の翻刻（『昭和俳句の検証』笠間書院・平27）があったものの、復権にはほど遠い。かろうじて、藤木清子は川名の『新興俳句表現史論攷』（桜楓社・昭59）と藤木清子を対象とした論考と、宇多喜代子の『女流俳人の系譜 イメージの女流俳句』（弘栄堂書店・平6）と宇多編『ひとときの光芒 藤木清子全句集』（沖積舎・平24）とによってかなりの程度に復権を遂げた。優れた俳人であっても、マイナー・ポエットの場合には、継続的に啓蒙と顕彰活動を行っていかないと、埋もれてしまうのである。

66

砂町の波郷死なすな冬紅葉

『白泉句集』昭和二十二年

初出は「水輪」昭和二十三年一月号。「水輪」は昭和二十一年二月、旭川市で高橋貞俊が創刊した俳誌。筑摩書房版『現代俳句集』（昭32）にも収録。

昭和十年代の新興俳句時代、白泉は「句と評論」（のち「広場」）・「風」・「京大俳句」に所属し、新興無季俳句を推進する超季感の立場に立っていた。他方、石田波郷は「馬酔木」に所属、「鶴」を主宰し、有季定型の立場に立ち、切字（切れ）を用いた韻文精神の徹底を唱えていた。二人の俳句観や俳句の作風は大きく異なっていたが、文学的な親交を深め、日常的に、神保町や新宿駅周辺の溜まり場で西東三鬼や石橋辰之助など新興俳句の仲間といっしょにビールや珈琲を飲んだり、談論風発したりしていた。昭和十五年四月、白泉・三鬼・辰之助ら六人で新興俳句総合雑誌「天香」を創刊したが、五月三日の第二次「京大俳句」弾圧事件で三鬼と東京三（戦後の秋元不死男）を除く四名が検挙された。そのため「天香」三号の編集、発行は困難に陥った。そのとき、外部から波郷が編集に尽力し、何とか発行に漕ぎ着けた、という。十六年以後、白泉は阿部青鞋や小澤青柚子らと古俳諧研究とその実作に没頭したが、密かに石山夜鳥や石山夜蝶の変名で「鶴」の波郷選に投句した。それは古俳諧の風姿や格調を重んじ、韻文精神の徹底を説く波郷への深い信頼があったからだろう。

石田波郷は昭和十八年九月、北支派遣軍として出征、軍鳩取扱兵となったが、発病し陸軍病院を転々とし、二十年一月、内地に送還された。二十一年三月、江東区北砂町一丁目八〇五番地に転居。翌二十二年九月、右肺上葉浸潤を再発、十月に江戸川保健所にて人工気胸を行った。

この句はそうした両肺の疾患で、波郷の生命が危ぶまれる情況を踏まえている。「砂町の波郷死なすな」は波郷の命が失われないことへの強い願い、祈りである。これは白泉の句に間欠的に現われる感情の激発である。取合せの「冬紅葉」は冬になっても残っている紅葉であり、波郷の命が尽きてしまわないことに通じるアナロジーの効果を意図したものである。

当時、この句は評判になった。満員電車の中で知り合いの俳人がこの句をさかんに褒めたのはいいが、「波郷殺すな」と大きな声で何度も言われ、閉口したという。（「現代俳句私見一束」

――「馬酔木」昭31・11）

この句を目にした波郷は涙にくれる思いで、「渡辺白泉に」という詞書で、

砂町は冬木だになし死に得んや

と酬いた。（「保険同人」昭24・1）

晩年の白泉と親交があった鈴木蚊都夫によれば、沼津市内の白泉の行きつけのバーに白泉と行ったとき、新興俳句時代に波郷が一句の独立性と、古典と競い立つことを唱えたのには同感だったと語り、グラスを高くかかげて、「波郷だけは失いたくない」と絶叫した、[17]という。

67

つめたよと妻に言はるゝ手足かな

『白泉句集』昭和二十三年

初出は「俳句芸術」第一輯（昭23・7）で「つめたよと妻にいはるる手足かな」の表記。筑摩書房版『現代俳句集』（昭32）では「つめたよと妻に言はるる手足かな」の表記で収録。

昭和十五年は「京大俳句」弾圧事件による検挙で、白泉の人生が大きく暗転する年であっ

たが、昭和二十三年は、それに次ぐ生活の変転があった年である。この年の一月、太洋物産を退職。三月、すでに昭和二十年に疎開していた阿部青鞋から当地の高校教師として赴任するように誘われ、青鞋が住む岡山県英田《あいだ》郡巨勢村《こせそん》尾谷（現・美作《みまさか》市尾谷）に妻子と共に移住した。二十二年三月には学校教育法が公布され、いわゆる六・三制がスタートした。全国的に教員不足で、師範卒でなくても旧制中学や高女を出ただけでも代用教員になれた時代。白泉はれっきとした慶応の経済出だから文句なしであった。

白泉の長男の渡邊純氏によれば、父も継母もすでに死去しており、老朽化した世田谷の家を売った全額（約二十万円）をボストンバッグに詰め込んで列車に乗ったという。[18] 移住した巨勢村尾谷は津山市の南東、中国山脈山間地帯の吉野川流域にある山村であった。白泉一家は田んぼや農家が点在する中の一軒の農家の離れに住むことになった。[19] 近くには顕密寺があり、その南側に東から西へと吉野川に注ぐ支流が流れていた。吉野川は北から南へと蛇行する大きな川で、純氏と二男勝氏の思い出によれば、白泉は幼い兄と弟を連れてしばしば近くの吉野川に釣りに出かけた。支流が流れ込む水門のところをはじめ、主に下流の遠方まで行き、たくさん釣った鮒はビクに入れて持ち帰り、母が甘露煮にしたという。[20] 夜は村の若者たちと俳句を楽しむなど、尾谷の生活は家族にとって楽しいものであったという。[21]

青鞋の二女赤田雅子さんの思い出によれば、青鞋は巨勢村の役場で社会教育を担当していた由。白泉の家は二百米程の距離にあり、白泉はしばしば青鞋宅を訪れ、テーブルに向い合って語り合っていた[22]という。青鞋宅を訪れたときの句に「春雨や傘すぼめ寄る羽音庵」（注・「羽音」は青鞋の別号）がある。昭和二十四年、巨勢村海田《かいた》に転居した青鞋を指導者として、青年たちが俳句を主とする巨勢村文学研究会を立ち上げ、合同句集『胡蝶』（謄写版）を発行した。そこに白泉も参加し、「檜年」の俳号で「白梅やしべ立てゝ咲く枝の先」「鯉の目のさまようて去るつゝじ哉」などを寄稿した。（藤井清久「美作の阿部青鞋（1）」―『海程多摩』第六集・平19／小川蝸歩（義人）「青鞋が愛した美作③」―「阿部青鞋研究」第二期 第三号）

ところで、白泉が勤務した高校は「年譜」では岡山県立林野高等学校とあるが、実は岡山県立林野高等学校備作分校福本校舎であったことが判明した。『岡山県学事関係職員録 昭和二三・二四年度』には、林野高校福本分校の社会科教諭として渡邊威徳の名前が記載されている[23]。公的な書物であり、白泉の二年間の勤務年月とも合致するので信憑性は高いと思っていた。その後、青鞋の三女中川専子さんから林野高校の卒業生小川義人氏を紹介して頂き、小川氏と、小川氏の知人で昭和十年代から巨勢村（現・美作市）在住の須田義昭氏の話から白泉の勤務校は福本分校であることが判明した。白泉が巨勢村尾谷に移住したとき、須田氏は中学三年生で、高校受験のため青鞋宅に英語を習いに通っており、居合わせた白泉に勉強を励まされたという。鈴木蚊都夫は白泉の赴任の時期を「昭和二十三年五月二十一日」としており、白泉の教員履歴カードから転記したと思われる。（『現代俳句の流域』至芸出版・昭55）福本分校の沿革史には昭和二十三年六月三十日「岡山県立林野高等学校備作分校福本校舎設置許可」とある。[24] 月日に齟齬があるが、開校に際して事前に辞令が出たのであろうか。福本村《ふくもとそん》は尾谷の南西で、西側を北から南へ吉野川が蛇行し、白泉の家からは二キロ程の距離である。渡邊純氏も勝氏も白泉の自転車通勤の記憶はないとのこと。歩いて通勤したのだろう。

この句は稿本句集『白泉句集』（昭44）では「岡山県英田郡巨勢村に移住」という詞書が付いている。日常の平穏な生活のディテールを「つめたよと妻に言はる丶」というさりげない表現で掬い上げている。炬燵や蒲団の中で冷えた手足が妻の肌に触れたときのことを想定すればよい。新婚一年後の長女の死亡。それにつづく「京大俳句」弾圧事件による人生の暗転と海軍生活、そして戦後の岡山移住。この句の底には、そういう起伏の多かった人生を共にしてきた妻への思いと、おだやかな日々を得たことへの思いがある。

68

五月雨や鴨居つかんで外を見る

『白泉句集』　昭和二十三年

初出は筑摩書房版『現代俳句集』（昭32）で、「さみだれや鴨居つかんで外を見る」の表記。稿本句集『白泉句集』（昭44）では「茅屋」の詞書がある。

詞書に「茅屋」とあるように、阿部青鞋が斡旋してくれた巨勢村尾谷の家は茅葺の小家だったのだろう。当時、草深い山村では集落の人々が総出で茅で屋根を葺いた家が多かった。この句も日常生活におけるささいな行為のディテールをくっきりとしたイメージで捉えている。白泉は村の若者たちに俳句を話す場などでは大島の着物を着ていたので、この句の場合も、五月雨の降る日、小家の中で和服を着流しにして無聊をかこっていたのだろう。ふと立って、障子を開け、鴨居をつかみやや体を前にのり出して、五月雨の空を眺めたり、庭に目をやったりしたのである。無聊のなせるとりとめもない行為であり、「鴨居つかんで」に俳意が込められている。

69

おしつこの童女のまつげ豆の花

『白泉句集』 昭和二十三年

初出は前句と同じ筑摩書房版『現代俳句集』（昭32）。八幡船社版『渡邊白泉集』（昭41）にも「おしっこの童女のまつげ豆の花」の表記で収録。

この句も日常生活におけるささいな行為のディテールをくっきりと描き出している。しかし、前句やこれまで読み解いてきた白泉の句の中に見られなかったものが、この句にはある。それは対象に向けるまなざしの質である。

今まで読み解いてきた句の中にも、たとえば、海軍生活の中で詠んだ、

白き俘虜煙草を欲すマッチも置く

白き俘虜と心を交はし言交はさず

のように俘虜となった若い米兵にヒューメインなまなざしを向けた句はあった。しかし、この句のように、対象に対して慈愛のまなざしを向けた句はなかった。その意味で、この句はさりげない句ではあるが、注目すべき句である。

童女がそら豆の花が咲いているところにしゃがんで、おしっこをする光景は、農山村では日常的光景である。そら豆の花は、晩春のころ、蝶の形をした白あるいは淡紅色の数個の花をつける。花弁に黒の斑紋があるのが特徴で、やさしくかわいらしい。しゃがんだ童女の目の高さとすぐそばのそら豆の花とが同じ高さであり、そこに焦点を当て、童女の無邪気な行為にやさしい慈愛のまなざしを向けている。

後年、静岡県三島市の楽寿園を訪れたとき、

をさなごの象にふれたる声麗ら

と詠んだが、それに通じる慈愛のまさざしである。

70

まんじゆしやげ昔おいらん泣きました

『白泉句集』昭和二十五年

初出は「沼高新聞」第15号（昭27・10・24）で、「曼珠沙華昔おいらん泣きました」の表記。筑摩書房版『現代俳句集』（昭32）では、「曼珠沙華《まんじゆしやげ》むかしおいらん泣きました」の表記。八幡船社版『渡邊白泉集』（昭41）にも「まんじゅしゃげむかしおいらん泣きました」の表記で収録。

白泉は昭和二十四年八月三十一日、岡山市立石井中学校（自由律の俳人住宅顕信の母校）に異動した。石井中学校の所在地は岡山市北区下伊福上町。岡山駅から吉備線で一つ目の備前三門駅の南側近くにあり、岡山駅の北西に当たる。渡邊純氏の話では、都窪郡吉備町庭瀬（現・岡山市北区庭瀬）の倉のある家の離れの二階を借りて住み、その後、石井中学校の小使室に移り住んだとのこと。庭瀬は吉備線の南側を走る伯備線で岡山駅から二つ目の庭瀬駅の北側の地区である。白泉は庭瀬駅から岡山駅まで行き、吉備線に乗り換えて通勤したのであろう。石井中学校は昭和二十二年創立で、まだ卒業生も出ていない。福本村の林野高校福本分校から遠く離れた創立二年目の中学に八月三十一日という年度途中になぜ異動したのか。長年、謎であったが、前任校で或る私的な事情が生じたからであった。

この句の発想は演歌「長崎物語」（梅木三郎作詞・佐々木俊一作曲）に因るものだろう。

赤い花なら曼珠沙華／阿蘭陀屋敷に雨が降る／濡れて泣いてるじゃがたらお春（略）

という七五調と七七調を組み合わせた悲恋の演歌は、昭和十四年ごろ、由利あけみによって歌われ大流行したというが、戦後も愛唱されていた。

この句は真赤な蕊を拡げる曼珠沙華の猥雑なイメージを、江戸時代の「花魁《おいらん》」（上級の遊女）へとふくらませたものである。長崎の阿蘭陀屋敷のじゃがたらお春（江戸初期、幕府の鎖国政策によってジャカルタに追放された混血の娘）だけでなく、お蝶（蝶々夫人）、江戸吉原や京都島原の遊郭の花魁たち、高雄太夫や格子女郎たち、伊豆下田の唐人お吉、身売り、身請け――自己の肉体を男たちへの性的商品として提供して生きていかねばならなかった「花魁」の哀しく切ない運命やイメージへとつながってゆく。

白泉はそれを「昔おいらん泣きました」と、一見過去の説話のように語る。では、この句は、昔そういう可愛想な花魁がいたよ、という伝達を意図したものだろうか。「昔おいらんが泣きました」の裏には、「今も」ということが匿されている。今も男女がこの世に生きている限り、さまざまな男女関係の悲しいしがらみ、運命に玩ばれている多くの女たちがいる。花魁の哀しみはそういう女性たちの哀しみに通じている。この句はモチーフは、そういう通時的、遍在的な生の哀しみである。

手製のジャム汽笛のポオや田舎菊

『白泉句集』 昭和二十五年

71

初出は前句と同じ筑摩書房版『現代俳句集』(昭32)。
この句は白泉の一つの特徴である諧謔趣味、おどけの系統に属する。

憲兵の前で滑って転んぢゃった
おらは此のしつぽのとれた蜥蜴づら

といったおどけの方向もあるが、

といった掛詞のレトリックを用いた諧謔を楽しむ方向のものもある。山羊の鳴き声「メケメケ」と丸山（美輪）明宏が歌ったシャンソン「メケメケ」（シャルル・アズナブール作詞）と、蚊の叩かれる音「ドドンパ」と渡辺マリが歌った「東京ドドンパ娘」（宮川哲夫作詞）と、二つの掛詞が用いられている。時代の風俗の流行やサブカルチャーにも幅広く関心を持っていた白泉の一面が知られる。

同様に、この句も食品の「ジャム」とフランスの詩人・小説家の「フランシス・ジャム」が掛けられ、また、汽笛の「ポオ」とアメリカの小説家・詩人の「エドガー・アラン・ポオ（ポー）」が掛けられている。

では、この句のモチーフは、そういう洒落たレトリックによる諧謔を楽しむだけのものだったのか。そうではあるまい。食品のジャムや、汽車や汽船の汽笛は西洋文明の生み出したもの。詩人・小説家のジャムやポオは西欧の文人で、近代の日本文学に影響を与えた大物人物。それに対して、自分は都落ちした名もない俳人だ。いわば「田舎菊」だ。そういう自虐的な自己諧謔も込められているのではないか。

詩人ジャムに関しては、堀口大学訳『フランシス・ジャム詩抄』（第一書房・昭3）や、三好達治訳『夜の歌』（岩波文庫・昭13）が出ていた。ポオに関しては、佐々木直次郎訳『ポオ小説全集』（第一書房・昭6）や谷崎精二（潤一郎の弟）訳『エドガァ・ポォ小説全集』（春陽堂・昭6〜9）が出ていた。幅広い読書家であった白泉は、

秋風や傷みて軽きポオ詩集

の句があるように、ポオやジャムの詩や小説を読んでいた。

シェパードの停る速さや楢落葉

『白泉句集』昭和二十五年

72

初出は前句と同じ筑摩書房版『現代俳句集』（昭32）で、「シェパードの停る速さや楢《なら》落葉」の表記。

疾走してきたシェパードが飼主の前でぴたりと停る瞬間のイメージとスピード感を、古俳諧研究時代に体得した古典的な文体によって鮮やかに捉えた表現力がすばらしい。

シェパードはドイツ原産の犬。体型は大柄で、動作は俊敏だ。両耳をピンと立てて、顔つきは精悍で鋭い。毛色は一般に茶色に黒が混じる。飼主への忠誠心が強く、警察犬や災害補

助犬などに活用される。

楢林の中の小径を、飼主の指示で疾走してきた精悍なシェパードが飼主の前でぴたりと停る。シェパードの敏捷な行動とスピード感を、「停る速さ」という逆説的な表現によって捉えたところに俳意がある。もちろん、飼主のそばにいたシェパードが、指示によって前方に疾走してゆき、指示でぴたりと停るという場面を想定してもよい。

冬の旅こゝもまた孤つ目の国

『白泉句集』昭和二十五年

73

初出は角川書店「俳句」の臨時増刊号「昭和三十年度俳句年鑑」（昭和30・1）で、「冬の旅こゝも亦ひとつ眼の国」の表記。筑摩書房版『現代俳句集』（昭32）にも「冬の旅こゝも亦孤《ひと》つ眼の国」の表記で収録。

この句は稿本句集『白泉句集』（昭44）には「岡山より単身上京」という詞書がある。この詞書がこの句の制作年代を推定する根拠を示すとともに、この句の読み解きの重要な補助線となっている。

岡山市内の石井中学校に異動してから一年余り経った昭和二十五年の初冬、白泉の実生活における最大の謎の事件が起こった。ある日、白泉は家族にも学校にも知らせず単身上京。その後、二カ月余りも行方不明になったのだ。白泉はどこへ行ったのか。「年譜」には記されていないが、同文館時代の同僚で、後、山海堂という出版社に移り、戦後イチジク製薬に勤めていた湯浅富夫と親交があった白泉は、千葉県津田沼町（現・習志野市）の湯浅宅に身を寄せていたのだった。(25) 渡邊純氏の話では、白泉はその後、東大の学生と親しくなり、学生寮に移り住んだという。また、白泉が失踪する前、石井中学校の小使室で暮らしていたとき、身重だった千江子夫人は出産の準備のため二男・三男（隆氏）を連れて三島市の実家に帰った。その後、一人残った純氏を白泉が妻の実家に連れていった、という。その後、白泉は小使室に一人で暮らしていたとき失踪したのである。

白泉はこの失踪事件の理由を黙して語らず、書き遺してもいない。今まで、この失踪の謎の理由に言及したのは私だけである。（『俳句に新風が吹くとき』文學の森・平26）家族にも勤め先にも知らせず、突如失踪するということは、誰にも言えない切迫した堪えがたいことがあったということだ。この謎を解く鍵は二つ。一つは「岡山より単身上京」という詞書のある、

冬の旅こゝもまた孤つ目の国

の句。もう一つはこの夏から始まったレッドパージ（日本共産党員やそのシンパの一方的解雇）

の嵐。

　レッドパージは民間企業から公務員へと及んだ。「京大俳句」弾圧事件で検挙、起訴され、懲役二年執行猶予三年の判決を受けた平畑静塔や仁智栄坊には、戦後どこに住んでも公安の目と「アカだ」という風評がつきまとった、という。当時、地方の村人や街の人々が恐れたのは赤痢などの疫病患者と「アカ」と風評された人物だった。レッドパージの嵐の中で、かつて「京大俳句」弾圧事件に連座した白泉にも同様の風評が立ったであろうことは十分に想像可能だろう。それを裏づけるのが「こゝもまた孤つ目の国」という表現。「こゝも」とは、地方の岡山と同じく東京も、という意味。「孤つ目」とは、物事を冷静に正しく捉えようとする客観的な目を持たず、安易に風評などを信じ、最初からバイアスのかかった目で見ること。風評による偏見や排除という精神的な苦痛や屈辱感が自己抑制の臨界を超えたとき、白泉は突如失踪した、というのが私の謎解きである。私の中学のときの記憶でも、昭和二十六年、生徒たちに知らされずに突如、学校から失踪した先生がいた。

　以上のことを踏まえて、この句を具体化すれば、次のようになろう。

　地方の人々の客観的な目を持たず、風評による偏見や差別の苦痛から逃れて単身上京したが、この大都市も同様に、客観的な目を持たない人々の偏見による差別が行われているところだった、と。この句はそういう社会情況への鬱屈した憂愁感の表出である。

74

日向ぼこするや地球の一隅に

『白泉句集』昭和二十五年

初出は稿本句集『白泉句集』（昭44）。「冬の旅」の句の直後にある句。

この句も、昭和二十五年の初冬のころ、岡山の地を逃れるように単身上京、津田沼町の湯浅富夫の家に隠れるように居候していたときの句であろう。

一般に「日向ぼこ」は日当たりのよい縁側などでするもの。だが、ここでは人目につかない家の隅の日だまりで、こっそりと隠れるように日向ぼっこをしているのである。「日向ぼこするや縁側の一隅に」、「日向ぼこするや母屋の一隅に」などではなく、「地球の一隅に」としたところに、風評などによる疎外感や孤独感の強さが打ち出されている。地球という広大な世界、空間の中で一人隔てられたような疎外感である。戦後、俳壇から離れた生き方を選んだ白泉は、最晩年、それを顧みて、「俳壇や文壇から絶縁された孤独の窖《あなぐら》」「われから選んだ孤独の天地」（『白泉句集』の「あとがき」）と言っているが、この句の疎外感や孤独感はわれから選んだものではなく、他者による風評などいわれなきものによるものだった。

75

地平より原爆に照らされたき日

『白泉句集』 昭和二十五年

初出は角川書店「俳句」の臨時増刊号「昭和三十二年度俳句年鑑」（昭31・12）。筑摩書房版『現代俳句集』（昭32）にも収録。

この句も「冬の旅」の句と同様、初出は五、六年後だが、「岡山より単身上京」（昭25）という詞書のある「冬の旅」の直後の「日向ぼこ」の句の後に収録されており、内容面も相通じる。また、昭和二十七年に沼津に転居する以前の句として収録されているので、昭和二十五年作とする。

白泉の特徴である激しい情念が噴出した句である。言われなき風評による疎外感や孤独感など、鬱屈した激しい情念のマグマが自己抑制の臨界に達しようとする時のすさまじい自己破壊の情念の噴出を、原爆の閃光を全身に浴びたいという自虐的イメージによって具象している。ここでの「原爆」という言葉は、左右いずれのイデオロギーへのバイアスはなく、自由であり、すさまじい自己破壊的な情念のメタファーになっている。誰もが経験する自己破壊的な鬱屈した情念や幻想に鮮烈な像《イメージ》が与えられ、読み手の共感を呼び起こす。

白泉は失踪から二カ月余りして岡山に戻り、昭和二十六年三月三十一日付にて石井中学校を辞し、同年四月一日付にて、妻の実家のある三島市の静岡県立三島南高校に異動した。渡邊純氏の話では、最初、妻の実家の芹澤洋品店の三階に住み、その後別の家に移った後、三島市山田の農家の離れに転居した、という。山田は駿豆線三島二日町駅近くにあった三島南高校から東方に当たり、高校まで相当遠い。今日、二カ月余りも無断欠勤すれば懲戒免職であろうが、教員不足の時世で穏便に処遇され、幸いにも三島南高校にも退職ないし異動による欠員があったのだろう。現在、公立高校教員の異動は各都道府県の教育庁の人事課が管轄しており、他の府県の公立高校には異動できない。当時は教員不足のため、他の府県へも異動できた。この制度は三十年ごろまで続いた。

76

新しき丸山薫薫りけり

『白泉句集』

昭和二十六年〜二十七年

初出は筑摩書房版『現代俳句集』（昭32）。八幡船社版『渡邊白泉集』（昭41）にも収録。この句は稿本句集『白泉句集』（昭44）では、「沼津に住む」という詞書のある句、の直前に置かれている。白泉は昭和二十七年四月一日付で三島南高校から沼津市立沼津高校(現・中高一貫校の市立沼津高校)へ異動した。所在地の東熊堂は沼津駅から北へ徒歩十五分ほど(のち東へ五百メートルほどの三枚橋鐘突免に移転)。渡邊純氏と白泉の教え子の佐藤和成氏によると、白泉一家は初め学校内の小使室に住み、その後、校舎から少し離れた北側の敷地内の教員住宅に住んだという。白泉の全ての「年譜」には「沼津市の愛鷹山麓の学校住宅に転居。」とあるが、それは誤りである。ここに、正しておく。したがって、この作は昭和二十六年から二十七年三月以前に作られたと思われる。

白泉はランボーの詩やマラルメやヴェルレーヌの詩論なども読んでいた(参照・「俳句と象徴」――「俳句界」昭23・7)ので、日本の現代詩も読んでいただろう。丸山薫は昭和初期のモダニズム詩やシュールレアリスム詩運動を推進した「詩と詩論」に参加。昭和九年、堀辰雄や三好達治らと抒情派の詩誌「四季」を創刊、以後「四季派」の重鎮として活躍した。第一詩集『帆・ランプ・鷗』(第一書房・昭7)は青春期の海洋への憧憬から船や海に関する詩が多く、昭和十年代の富澤赤黄男に影響を与えた。

「新しき丸山薫」とあるので、昭和二十六年、七年に出版された丸山の詩集という補助線を引いてみた。丸山は戦後も多くの詩集を出版しているが、その中で昭和二十七年刊の『青春不在』に着目した。その中の詩「原子香水」は、この句の背景としてマッチしている。

わずか幾筒かの爆薬で
地表の半分を吹きとばすより
たつた数滴の香水が
世界の窓を　野を　海を
われらの思想と
言葉の自由を匂わしてほしい

ああ　誰かそんな香水を
発明しないものか
（略）

平明な表現で、ヒューマニズムを湛えたこのような詩は白泉のヒューメインな心と交感しただろう。ただし、『青春不在』は二十七年八月の刊行で、白泉の沼津時代である。
丸山薫に関する書誌的な補助線を引かなくても、この句に素直に向き合うだけで、この句に詠まれた感動は十分に伝わってくる。「丸山薫」という言葉はその音韻と文字が融合して、いかにも「四季」派の抒情詩人らしい清新さがある。そして「薫／薫りけり」と頭韻を響かせたレトリック。そこから、ヒューマニズムと抒情を湛えた丸山薫の清新な詩に共感したところが伝わってくる。

ここで、戦後の二、三十年代までの白泉の俳句観や立ち位置を展望し、総括しておこう。戦後の白泉はどういう俳句観を抱き、どういう批評を行ったか。それは基本的に古俳諧時代の俳句観の持続である。端的に言えば、言葉の意味（概念）と韻律（音楽性）との詩的交感による表現の完遂である。ソシュール風に言えば、シニフィアン（意味するもの）とシニフィエ（意味されるもの）の要素との詩的合一。飴山實風に言えば、形式と内容の合一による作者の心音の聞こえる俳句ということになる。

朗々誦し得る美しいリズムと、詩にまで醇化された内容がなければ、俳句の名には値ひしない。（「月評」―「現代俳句」昭23・3～4合併号）

季語も非季語も表現の上に生け用ひられて、はじめて芸術の局面に参加するのであつて、その限りにおいて、いかなる差異も考へられるべきではない。意味上の秩序、音声上の秩序、これに加ふるに、全体の均衡、底流する人間の熱血――詩の意義はほかにあるまい。（「菊のにほひ（二）」―「馬酔木」昭24・7）

要するに白泉は俳句における完全な表現として、意味上の秩序と音声上の秩序との合一を必須としたのであり、特に音声上の秩序を強調したのである。その背景には、音声上の秩序を無視して、意味（概念）や思想の放恣な跋扈へと突き進んだ戦後俳壇の趨勢があった。具体的に言えば、中村草田男の句集『銀河依然』（昭28）に収録された俳句や、それをよしとする俳壇の傾向、草田男や楸邨の影響を受けた「萬緑」や「寒雷」所属の戦後派俳人たち（金子兜太・古沢太穂ら）を中心とする社会性俳句運動などの俳壇趨勢である。草田男の句を引けば、

いくさよあるな麦生《むぎふ》に金貨天降《あまふ》るとも

など意味性が強く露出した傾向である。

白泉は韻律重視の立場から、そういう戦後俳壇の趨勢や草田男俳句を厳しく批判する。

現在最も惨憺たる状態に陥つてゐるものは草田男、楸邨その他の人達で（略）談林は一回でよろしい。われ〳〵は元禄の清明に就くべきである。（「菊のにほひ（一）」―「馬酔木」昭24・6）

こうした言葉の意味、思想、意識などシニフィエ（意味されるもの）に強く傾斜した流れに対して、白泉は言葉の音楽性と意味性との合一という俳句観をもって終始批判者の立場を貫

いた。それが戦後俳句における白泉の位相であった。

瑞照りの蛇と居りたし誰も否

『白泉句集』昭和三十年

77

初出は同人誌「芭蕉」昭和三十年十月号。筑摩書房版『現代俳句集』(昭32)にも「瑞照《みづて》りの蛇と居りたし誰も否」の表記で収録。八幡船社版『渡邊白泉集』(昭41)にも稿本句集『白泉句集』(昭44)と同じ表記で収録。

この句の鑑賞に入る前に触れておかなければならないことが二つある。一つは同人誌「芭蕉」への参加のこと。もう一つは沼津市立沼津高校への異動のこと。

白泉は昭和二十年代、いかなる結社にも属さなかった。「天狼」創刊(昭23・1)に際して三鬼から勧誘があったが、断ったという。(26) その白泉が昭和三十年九月、「芭蕉」創刊に参加し、一時的ではあるが俳壇に復活したのである。「芭蕉」は波止影夫主宰の「青女」を改題した同人誌で、創刊同人は影夫を中心に白泉・中村三山・仁智栄坊・杉村聖林子ら二十八名。その内、元「京大俳句」会員が十七名であり、いわば往年の「京大俳句」の戦後版ともいうべきもの。創刊の主旨は「京大俳句」の伝統を継ぐ「自由主義」と「芭蕉の精神を現代俳句に活かす」ことにあり、白泉はその主旨と元「京大俳句」会員のよしみで、参加したのであろう。「芭蕉」創刊号から十二月号までに、

石段に永遠にしやがみて花火せよ
瑞照りの蛇と居りたし誰も否
稲無限不意に涙の堰を切る
わが胸を通りて行けり霧の舟
機関車の誓子も寝しや天の川

など、情念の噴出と深い憂愁感という白泉の特徴が現われた秀句を寄せており、短期間とはいえ見事な俳壇復活だった。ところが、翌年一月号から終刊号（昭33・9）まで白泉の名前は忽然と消える。この突然の沈黙は「昭和三十年代に至ってわたくしを訪ず《ママ》れた不感無声の状況」（稿本句集『白泉句集』の「あとがき」）の始まりだったのかもしれない。その背景に何があったか、白泉は何も語っていないが、「京大俳句」弾圧事件での検挙や戦争体験がトラウマ（心的外傷）として心中深く影を落としていたことが要因の一つであったかもしれない。

白泉は、昭和二十七年四月一日付にて沼津市立沼津高校に異動した。白泉の教え子の佐藤和成氏によれば、異動のきっかけは三島広小路あたりのパチンコ店で市立沼津高校の教諭芳

賀隆三（のち同校四代校長）と知り合い、異動を勧められたことだという。渡邊勝氏によれば、パチンコ店ではなく雀荘だったとのこと。(27) いずれにしろ、石内校長の人柄と教育理念を聞かされ、石内校長に惹かれて異動を決意したのだろう。石内は東京大学理学部卒で、短歌の創作もした人物。浜松師範教諭を経て母校の旧制沼津中学（現・県立沼津東高校）の教頭であったが、市立沼津高校初代校長として着任。その教育理念は競争原理に基づく成果主義や知的エリート教育ではなく、教師と生徒との親密な触れ合いに基づく全人的な教育であった。白泉は石内の懐の深い人間性に大いに感化された。鈴木蚊都夫著『俳壇真空の時代』（本阿弥書店・平9）には、「慈愛と情熱の校長」石内の人柄が白泉の随想「石内学校への入学」（市立沼津高校発行「鷹峯」創刊号・創立20周年記念・昭41）の中の石内との出会いや校外授業のエピソードを通して生き生きと語られている。また佐藤和成氏によると、学校には同姓の教員がいたので、小柄な白泉は教員間では「小なべ」と呼ばれた。生徒たちからは、小柄でずんぐりしており、動作がゆったりだったため、「カメ」と渾名され、親しまれた。波瀾の多かった白泉の人生において、石内と出会った以後の市立沼津高校での一社会科教師（日本史担当）としての生活は、最も穏やかなものであったろう。

それでも、白泉の心の奥底には、この句のように、激しい情念のマグマがたまっていた。そのマグマの具体的な内容は、「俳壇や文壇から絶縁された孤独の窖《あなぐら》」「われから選んだ孤独の天地の輝きを体するこの作品は、とかく弱まり萎えようとするわたくしの心を、いつまでも鞭打ってくれるであろう。」（稿本句集『白泉句集』の「あとがき」）という白泉が記した言葉が示している。戦後の俳壇を自ら拒絶し、自ら選んだ孤独の天地に生きる自恃と、「誰も否」という絶対的な他者拒絶の孤心の噴出である。

蛇は邪悪な存在として嫌われるが、夏の強い陽射しを全身に浴びて青緑色の瑞々しい鱗を輝かせる一匹の蛇は、われから孤独の天地に生きることを選んだ白泉の分身である。鬱屈した、自己破壊的な情念を自ら鎮静化して一人生きるところに、「誰も否」という自恃と絶対的な他者拒絶の孤心が輝く。

78

石段にとはにしやがみて花火せよ

『白泉句集』　昭和三十年

初出は前句と同じ「芭蕉」昭和三十年十月号で、「石段に永遠にしやがみて花火せよ」の表記。「沼高新聞」第44号（昭30・11・30）では「石段に永遠にしやがみて花火せよ」の表記。筑摩書房版『現代俳句集』（昭32）にも収録。八幡船社版『渡邊白泉集』（昭41）では「石段にとはにしやがみて花火せよ」の表記で収録。

この句は夏の宵のころ、女の子が二、三人（もちろん男の子が混じっていてもいい）石段にしゃがんで線香花火を楽しんでいる場面を、慈愛のまなざしで詠んだものだろう。線香花火は和紙のこよりの先に火薬を包み込んだ小さな花火。着火すると小さな火球ができ、やがて暗闇に火花が勢いよく八方に散って華やぐが、やがて勢いが衰え、十数秒で火球が燃え尽きてしまう。

短時間、美しい華やいだ世界を見せ、たちまち闇に消えてしまうのは、何とも切ない。「とはにしやがみて花火せよ」とは、少女たちにその美しい華やいだ時間が永遠に続いてほしい、という祈りであろう。そこには、前に読み解いた「おしつこの童女」の句と同様、白泉の慈愛のまなざしがある。

79

稲無限不意に涙の堰を切る

『白泉句集』昭和三十年

初出は前句と同じ「芭蕉」昭和三十年十月号。「沼高新聞」第44号（昭30・11・30）にも同じ表記で掲載。筑摩書房版『現代俳句集』（昭32）では「稲無限不意に涙の堰《せき》を切る」の表記で収録。

八幡船社版『渡邊白泉集』（昭41）にも稿本句集『白泉句集』（昭44）と同じ表記で収録。

この句も白泉の一つの特徴である突然の情念の激発である。豊かに実った黄金色の稲穂の波が一面に広がっている光景を眺めていたとき、不意に涙が溢れてきた、というのである。この句を読み解くには、眼前の「稲無限」の光景から感受したものと、「不意に涙の堰を切る」の動因を捉えなければならない。

では、どういう補助線を引けばよいか。着眼点は「稲無限」。稲穂が一面に豊かに実っている光景は現在の光景であり、戦中戦後の飢えや貧しさから抜け出した平和で穏やかな暮らしを象徴する。したがって、補助線は対比的に、昭和の戦前、戦後の時代情況と、その時代を生きてきた白泉の人生ということにある。満州事変・日中戦争・太平洋戦争へと戦火は広がり、言論が抑圧された時代情況。敗戦前後の衣食住の逼迫、飢餓生活、そして占領下の時代。そうした時代の変転に翻弄され暗転した自分の人生。俳句弾圧による検挙、理不尽でむごい海軍生活、戦後の俳壇から絶縁した地方生活。現在の穏やかな暮らしを象徴する一面黄金色に実る稲を眺めていたとき、そうした起伏の多かった過酷な時代や人生の様々の事柄が不意によみがえり、万感胸に迫ったのである。

機関車の哲子も寝しや天の川

『白泉句集』昭和三十年

80

初出は「芭蕉」昭和三十年十二月号。筑摩書房版『現代俳句集』（昭32）にも収録。

沼津市立沼津高校は沼津駅の北方に位置し、駅からはほど近いところにあった。白泉は高校の敷地内の教員住宅に住んでいた。この句は、都心から遠く離れた沼津の地に住み、天空に天の川が白々とかかる夜更け、ひとり、「機関車」の哲子も、もう寝ただろうか、と遠く関西の地（西宮市苦楽園）に住む山口哲子に思いを馳せたものである。「機関車の哲子」に込めた白泉の思いの深さを読み解くことが、この句の眼目である。それは白泉と哲子との関わりについての読み手のリテラシー（知識）の深浅にかかっている。

「機関車の哲子」とは、一義的には「夏草に汽罐車の車輪来て止る」という有名な都市俳句を詠んだ山口哲子という意味だが、ここでの含意は新興俳句の牽引者であった哲子、そして哲子に対する白泉の様々な思いへと拡がっている。季節ごとの自然の風物を写生的に詠んだり、身近の物事を嘱目的に詠んだりする「ホトトギス」の俳句がまだ主流だった昭和初期に、即物的な把握・斬新な視角《アングル》・散文的な文体を駆使して近代的な都市俳句を確立して、白泉ら新興俳人たちを魅了した誓子。俳句評論と呼べるものがほとんどなかった時代に、極めて論理的でエスプリに溢れた俳句評論を書き、颯爽とした誓子。新興俳句運動の牽引者として若手俳人たちの憧憬と信望を一身に集めていた誓子。だから、白泉も「新興俳句の業蹟を省る」(「俳句研究」昭12・6)の巻頭で「軍旗を担ふものは山口誓子其人である。」と書いたのだ。

また、日中戦争勃発に際しては、

新興無季俳句はその有利な地歩を利用して、千載一遇の試練に堪へて見るがよからう。(略)もし新興無季俳句が、こんどの戦争をとりあげ得なかったら、それはつひに神から見放されるときだ。(「戦争と俳句」—「俳句研究」昭12・12)

と挑発し、新興無季俳句の俳人たちに戦争俳句への挑戦を促した。白泉はそれに応えて、「支那事変群作」など果敢に戦火想望俳句を試みた。

新興俳句に没頭した白泉の青春は誓子の存在なくしてはありえなかった。その誓子に遠く、深く思いを馳せたこの句の底には誓子への畏敬の念と、俳壇から絶縁し、自ら選んだ孤独の天地に生きる孤独感がある。

わが胸を通りてゆけり霧の舟

『白泉句集』昭和三十年

81

初出は前句と同じ「芭蕉」昭和三十年十二月号で、「霧の舟」の詞書のある七句中の冒頭句。「わが胸を通りて行けり霧の舟」の表記。筑摩書房版『現代俳句集』（昭32）にも初出と同じ表記で収録。

一読して、憂愁感が伝わってくる句である。霧につつまれて輪郭も定かでない一艘の小舟が、何かうっすらとした物の影のように、胸の中を通っていった。まるで精霊のようなものがうっすらとした形をとって胸の中を通ってゆくような死につながるイメージである。そういうイメージによって憂愁感を伝えることがこの句のモチーフである。そういう鑑賞だけでも、この句の核心は捉えているだろう。

だが、ここでは白泉の辿ってきた人生にひきつけて、白泉がこの句に込めた意図をもう少し精緻に読み解いてみよう。着眼点は「霧の舟」である。本書をここまで読み進めてきた読者なら気づいただろうが、これは、昭和十九年、黒潮部隊の隊員として特設監視艇に乗り組み、鳥島から小笠原諸島あたりまでの海域の監視活動に当たっていたとき、米軍のグラマン戦闘機の編隊に襲撃された体験を踏まえている。グラマンの低空飛行による機銃弾を受けて、戦友が次々と斃れた。敵機が去り、霧につつまれた夜、水葬礼によって戦友たちを哀悼したが、その体験を詠んだ句が、

霧の夜の水葬礼や舷かしぐ

であった。
したがって、白泉の胸の中を通っていった「霧の舟」には、かつて霧の夜に水葬礼による戦友たちの鎮魂の儀式を行ったときの、あの英霊たちが乗っている「霧の舟」のイメージが重ねられているだろう。そのように読み解くことで、この句はかつて南溟に沈んだ戦友たちへの鎮魂の思いを込めた深い憂愁感を湛えた句となる。

82

手錠せし夏あり人の腕時計

「俳句研究」昭和三十一年

初出は「俳句研究」昭和三十一年二月号で、「無辺行」という詞書のある十五句中の第十二句。

この句は比較的読解しやすいだろう。初夏の陽射しを浴びて銀色に光る他人の腕時計をふと目にしたとき、かつて同じ初夏のころ、銀色に光る手錠を嵌められて京都に連行された日のことが、突如甦ったという句である。「手錠せし夏あり」とは、「京大俳句」弾圧事件で検挙されたことが深いトラウマとなって意識の底に沈んでいたが、銀色に光る他人の腕時計を見たとき、突如、特高に銀色に光る手錠を嵌められたときの光景へとフラッシュバックしたのである。

この白泉の人生を暗転させた事件は、戦後も長くトラウマとして残った。沼津時代の晩年の白泉と親交のあった鈴木蚊都夫によれば、昭和四十一年の初冬に白泉と会い、俳壇への復帰を尋ねると、

歴史は繰り返すというが、いまの僕には、自分だけの俳句をつくることに精いっぱいだな。社会性俳句だ、前衛俳句だなんて、ワーワーさわいだって、手錠をかけられる心配はない。君はいい時代にめぐりあったねえ。（「回想の人・渡邊白泉」―『現代俳句の流域』至芸出版社・昭55）

と答えた、という。「京大俳句」弾圧事件による検挙のトラウマは晩年まで消えなかったのである。

83

底冷えの御殿場線や後戻り

『白泉句集』昭和三十二年

初出は筑摩書房版『現代俳句集』（昭32）。

この句を読み解くには「御殿場線」の沿革史についての知識が必要である。御殿場線は沼津駅から下土狩、裾野、御殿場、山北、松田を経由して国府津駅までの路線だが、昭和九年に丹那トンネルが開通するまでは東海道本線だった。戦中の鉄不足で単線となった。沼津駅から五つ目の岩波駅と六つ目の富士岡駅間は急勾配区間で、蒸気機関車の列車は力が弱く、停車後の再加速が難しいため、両駅には本線より高い位置に水平のスイッチバックの引込線を設け、いったん引込線にバックしてから勢いをつけて勾配を上ったのである。

この句は底冷えのする冬のある日、沼津駅から御殿場線に乗り、岩波駅か富士岡駅を通ったときの体験を踏まえたものである。「後戻り」とは水平のスイッチバック式の引込線へと列車がいったり後戻りしたのである。列車が後戻りするイメージが、底冷えの体感をいっそう増幅させている効果も味わいどころである。ちなみに、昭和四十三年、沼津駅―御殿場駅間の電化により、スイッチバックは廃止された。

稲妻に立つや石内直太郎

『白泉句集』昭和三十二年

84

初出は稿本句集『白泉句集』(昭44)で、「慈愛と情熱の教師石内先生つひに逝く 一句」という詞書が付いている。

昭和三十二年は白泉にとって大変喜ばしいことと、とても哀しいことがあり、忘れられない年だった。

昭和二十年代まで一冊の句集もなかった不遇な白泉にとって極めて喜ばしい出来事は、昭和三十二年四月、筑摩書房版『現代日本文学全集』(全97巻+別巻2巻)の第91巻『現代俳句集』が刊行されたことであった。このアンソロジーは神田秀夫選によるもので、俳句表現史の視点から近現代俳句の有力な俳人を選り抜いた画期的なものであった。その中に、自選による「渡邊白泉集」全二五七句(戦前85句・戦中93句・戦後79句)が収録されたのである。本書によって、俳人たちは検挙以後の戦中・戦後の白泉の新風にまとまったかたちで初めて接した。炯眼の神田によって、白泉は近現代俳句史に正当に復権したのである(ただし、俳壇的には復権しなかった)。

筑摩書房版『現代俳句集』の巻末に表現史的な視点から優れた「現代俳句小史」を執筆した神田秀夫は「「句と評論」は、藤田初巳が編集にあたり、渡邊白泉を送り出し」と正当に白泉に言及した。が、新興俳句の端的な総括では、

篠原鳳作、高屋窓秋、西東三鬼、富澤赤黄男、少なくともこの四人は俳句を近代詩の水準に引きあげるために、これまでの伝統派の作者が誰もやらなかった仕事をした。その業績は、当時の秋櫻子や誓子や草城より一歩をすすめたものである。

とした。この言及は炯眼の神田によって初めてなされた卓見だが、白泉を漏らしたことは何といっても致命的な錯誤であった。本質的な意味で、革新的な表現様式を作り出したのは、白泉と赤黄男の二人だからである。白泉が漏れたことには、戦後、白泉が俳壇から離れ、忘れられたことが影響していただろう。神田は白泉の戦中戦後の新風には全く言及していない。思うに、「渡邊白泉集」の収録は白泉にとって大きな喜びではあったが、神田の言及から自分が漏れたことには無念の思いが強かったのではあるまいか。

もう一つ、白泉にとって大変哀しい出来事とは、昭和三十二年八月八日（木）、石内直太郎が死去したことである。享年五十三歳。石内は沼津市立沼津高校の初代校長で、「これからの日本を作っていくのは戦前のようなエリート教育ではなく、名もなき雑草である」と唱

え、「一匹の迷える子羊を救え」という教育理念を掲げた、という。(28)そして、その実現のため、慈愛と情熱をもって、教職員と一体となって教師と生徒との親密な触れ合いに基づく全人的な教育に尽力した。（参照・『石内直太郎先生遺稿集』同編集委員会、昭33・7）白泉は石内の教育理念とそれを実践するための生徒への慈愛と情熱、人柄に共感し、大いに感化された。

公立高校の教師には、おおよそ三つのタイプがある。一つ目は、都や県の教育行政の要職に就こうとする上昇志向のタイプ。二つ目は、都や県のトップ校、伝統校の教員や校長に栄転しようとする上昇志向のタイプ。三つ目は、最初からそうした上昇志向を持たず、教員間の和を重んじて同僚たちとよくなじみ、授業や部活動を通して生徒たちとの親密な交流に意義を置くタイプ。白泉はこの三つ目のタイプだったたから、県立沼津東高校（旧沼津中）や県立静岡高校（旧静岡中）のような伝統校に異動しようなどとは思わなかった。畏敬し、信頼する石内校長の下で、「茗渓」閥（旧東京高師や旧東京教育大の出身者による学閥）に悩まされることもなく、同僚の先生たちや生徒たちとよくなじみ、愛された。

この句は、その石内の早い死を悼んだ句。追悼句には、二つの方向がある、一つは哀悼の意をそのまま表す方向の句で、たとえば芥川龍之介の夭逝を悼んだ飯田蛇笏の句、

たましひのたとへば秋のほたるかな

もう一つは死者の生前の生き方を賛えることで哀悼の意を表す方向の句。

炎天こそすなわち永遠《とは》の草田男忌　鍵和田秞子

重信忌いまも瑞々しき未完　中村　苑子

この句は後者の詠み方。夜、雨中を稲妻が鋭く走るのに真向い、すっくと立つ石内直太郎のイメージを造型することで、生徒たちに慈愛のまなざしを注ぎ、全人的な教育に情熱を傾けた石内校長に畏敬の念と哀悼の意を表わしたのである。この句は石内校長の悲報に接したときの即吟である。白泉の教え子で、のち母校の教諭を務めた根木谷《ねぎや》信一氏が佐藤和成氏と一緒に同窓会館に所蔵されていた書物や文書を整理したとき、昭和三十二年度の「日宿直日誌」が出てきた。それによると八月八日（木）は一日中雨で、日直も宿直も白泉が当番だった。白泉は宿直日誌の記事に、「午后九時五十分／校長先生永眠の報至る／嗚呼悲哉／稲妻に立つや／石内直太郎／白泉」と記した。ちなみに、昭和四十九年八月八日の月命日に校内に石内の胸像が建てられた。

桃色の足を合はせて鼠死す

『渡邊白泉句集 拾遺』昭和三十二年

85

初出は筑摩書房版『現代俳句集』（昭32）。

この句は死んだ鼠の姿のディテールが的確に表現されているので、一句に素直に向き合うだけでも鮮明なイメージが浮かぶ。また、その死んだときの姿態から鼠への哀感も伝わってくる。しかし、より精緻に読み解くには鼠の種類と姿態の特徴という補助線を引かなければならない。

家の中などに棲む家ねずみは、体型の大きい順にどぶねずみ、くまねずみ、はつかねずみ。この句のねずみの種類は、「桃色の足」が着眼点。前足二本と後足二本が桃色なのは、はつかねずみ（二十日鼠）である。はつかねずみは小型で、背の色は白、灰色、褐色など。両耳が開いてピンと立ち、尾が長く、腹は淡い白。家屋の中の他、草地、田畑、土手などにも棲む。

白泉は沼津駅から比較的近い市立沼津高校の敷地内の教員住宅に住んでいたので、建物の片隅や敷地の片隅、あるいは郊外の自然環境と接した草地などで、一匹の小さな鼠が、桃色の足を合わせ、淡く白い腹を見せて仰向けに死んでいる光景を目にしたのであろう。鼠は家の天井裏に糞をしたり、感染症や皮膚炎など衛生的な被害をもたらしたりするので、一般に嫌われる。しかし、この句では小さな鼠が桃色の小さな足を合わせて仰向けに死んでいる姿態に憐憫のまなざしを向けているのである。小さな生きものが桃色の小さな足を合わせて死んだ姿への哀感、いたわしさである。

土砂を背に高校社会教科書死す

「俳句年鑑」角川書店　昭和三十三年

86

初出は角川書店「俳句」の臨時増刊号「昭和三十四年度俳句年鑑」（昭33・12）で、五句中の第五句。

この句を読み解くのはなかなか難しい。そのためには二つの分野に関するリテラシー（知識）が必要である。一つは、この句が詠まれた昭和三十三年に沼津市を含む静岡県東部を襲った自然災害に関するもの。もう一つは、昭和三十年代における高校「日本史」の教科書に関する検定制度問題。

「土砂を背に」とは、昭和三十三年九月二十六日、伊豆半島を中心に静岡県東部を襲った「狩野川台風」による土砂災害を踏まえた表現。被害は伊豆半島中部の狩野川流域が甚大で、大量の降水による洪水氾濫、土砂流出の災害をもたらした。静岡県内の死者行方不明約九五〇名、家屋の全壊五〇〇戸、流出八二〇戸、半壊八〇〇戸[29]。沼津でも床上浸水二七〇戸、床下浸水八一一戸の被害が記録されている[30]。

「高校社会教科書死す」とは、昭和三十年代前半に文部省の教科書検定審議会の委員による高校「日本史」教科書の記述への掣肘、修正行為を踏まえた表現。戦後の教科書検定制度は「学校教育法」に基づき、昭和二十三年から始まった。昭和二十七年の対日平和条約発効後も米軍が駐留する米国従属化の政状に対して、二十年代末から三十年代にかけて自主独立を求める民主化のうねりが大きくなる。そういう情況を背景にして、特に日中戦争、太平洋戦争に関する歴史観の対立も顕著になった。日中戦争を日本軍の侵略戦争という視点から捉え、南京大虐殺など日本軍の残虐行為を加害者として記述する「日本史」教科書に対して、いわゆる自虐史観として検定では掣肘を加え、記述の修正を求めた。その流れは、家永三郎らが執筆した高校日本史教科書『新日本史』（三省堂）を、いわゆる自虐史観により戦争を暗く表現しているという理由で不合格とした「家永教科書裁判」（第一次訴訟は昭和四十年）へとつながっていった。

高校の日本史担当の教師であった白泉は、そういう国家権力の行使による「日本史」教科書への掣肘に鋭敏に反応し、それを「高校社会教科書死す」と批判を表明したのである。

これで二つの事柄について具体化できたが、それではこの句はどう読み解けばよいのだろうか。日本が甚大な自然災害に襲われているときに、国家権力による高校「日本史」教科書への掣肘が行われている。それはいわば激甚な人為災害であり、許すわけにはいかない。そういう現実の土砂災害を背景にした読み解きは、十分に説得力がある。

だが、白泉の表現の特色として、情況への違和感や批判的な意志、感情を表現するときにはしばしばイロニイやメタファーを用いたという視点からの読み解きも可能である。すなわち、この句を一句全体がメタファーであるとして読み解く視点である。「土砂を背に」とは、歴史的な事実に冷静に目を向け、客観的な記述をした高校「日本史」教科書に対して、日本の戦争行為を正当化する歴史観に立ち国家権力による掣肘を加えたこと。「高校社会教科書死す」とは、その掣肘により、歴史的な事実が歪曲されてしまったこと。それに対する批判や抗議の表出である。

原爆を忘れてしまふ雲雀かな

「俳句年鑑」角川書店　昭和三十四年

87

初出は角川書店「俳句」の臨時増刊号「昭和三十五年度俳句年鑑」(昭34・12)で、五句中の第二句。

白泉が住んでいた教員住宅の北西には愛鷹《あしたか》山麓の自然環境が広がっていたので、この句は春の日の郊外での嘱目吟かもしれない。ひばりは草原などに棲んでいて、垂直に急上昇して上空の高い所でホバリング(停空飛翔)したり、その後に滑空したりするときに高い声でさえずる習性がある。

のどかな春の上空から響いてくるその高鳴きを耳にして、かつて原爆投下により高空まで巨大なきのこ雲が立ち上がり、地上は一瞬にして死の街と化したことを忘れてしまったような晴朗な高鳴きだ、と感じたのである。これは空の高所での雲雀の高鳴きから、同じく高所でのきのこ雲へと連想が働いた嘱目的な句という読みである。

しかし、この後に詠まれた、

眼の凍てし教師と我もなりゆくや

の句と合わせてこの句を読み解くと、白泉の得意とするイロニイとメタファーのレトリックが仕掛けられている句とも読める。すなわち、十数年前の原爆の惨状を風化させて晴朗に生きている人々への辛辣なイロニイを込めた句とも読み解けるのではないか。

眼の凍てし教師と我もなりゆくや

『白泉句集』　昭和三十六年

88

初出は稿本句集『白泉句集』（昭44）。第三章「瑞蛇集」の中の「霧の舟」（昭20〜昭36）の部の最後から二番目の句。

白泉は新興俳句に没頭した昭和十年代の青春時代から一貫して同時代の社会情況や俳壇情況に鋭い批判的な意識を向けてきた。その俳句には批判的な精神から発想されたものが多い。ところが、昭和三十四年ごろから五年ほど俳句ができない情況に陥った。その時期を最晩年に振り返って、次のように記している。

昭和三十年代に至ってわたくしを訪ずれ《ママ》た不感無声の状況は、何によっても癒やすことのできないもので、わたくしはついに俳句とは無縁の人間になるのではないかと考えさせる深刻なものであった。

俳壇や文壇から絶縁された孤独の窖で無償の努力をつゞけることは、わたくしにとってさしたる苦しみではなかったが、この時期においては、身の細胞が日に日にハラハラと舞い落ちてゆくような痛苦を味わったのである。

この句はそういう苦痛の時期（昭36）に作られた句である。「眼の凍てし教師」に自分もなってゆくのだろうか、という不安やおそれの自己意識が、「不感無声」の苦痛に作用したのだろうか。昭和三十五年六月十五日（いわゆる六・一五）とそれにつづく六月十九日の新安保条約承認は、戦後唯一の自主独立国家の機会が国家権力（岸信介）によって奪われた日であり、日本の国政の大きな転換点であった。首都では自主独立国家を目ざす大きなうねりが生じたが、その波は必ずしも地方へは及ばなかった。

地方の四、五十代の高校教師の中には、同時代の社会情況に関心も批判的な意識も持たず、教材研究もせず、授業での生徒との新鮮な交流や発見の喜びもなく、毎日惰性的な生活を送る教師もいる。「眼の凍てし教師」とは、そういう教師と同様に、同時代の政治や社会情況などに冷静な批評意識や批判的な意識を働かせる精神を失った教師である。そういう教師にも触れたように、白泉は青春時代から一貫して同時代の社会情況に鋭い批判的な意識を向けてきたので、そういう批判精神を失うことは自己のアイデンティティーの喪失を意味するからだ。首都での政治的な大きなうねりに対して、地方に住み鋭敏な意識を働かせなくなっている自分に白泉は気づいたのだろう。

89

梅咲いて白い馬などやつてくる

沼津市立沼津高校図書館報「野火」
昭和三十六年

初出は市立沼津高校の図書館報「野火」創刊号（昭36・2）で、毛筆の三句中の第一句。国公立、私立を含めた高校には校務分掌があり、それによって学校運営が行われる。たとえば、教務部・進路指導部・生活指導部といったものだ。私は進路指導部を多く担当し、図書部の経験もある。図書部は担当教諭の人数が少なく、司書教諭が加わるのが一般である。「沼高新聞」第23号（昭28・5・30）によれば、市立沼津高校には司書が配置されていた。

この句は市立沼津高校の図書課（市立沼津高校では図書課の名称）担当の教員たちが発行した図書館報「野火」創刊号（昭36・2）に「三句」と題して毛筆で発表した冒頭句。他の二句は、

女から女にうつるてまりかな
軒に旗梅に鶯ぼくにさけ

この「野火」は、佐藤和成氏と根木谷信一氏が図書室の書庫に所蔵されていた書物や文書を整理したとき出てきたもので、新聞の体裁である。[31] 貴重な資料の発見により白泉の素晴ら

しい句に出会えたことに感謝しなければならない。
この句を読んで、直ちに金子兜太の著名句、

梅咲いて庭中に青鮫が来ている

を思い出す人は多いだろう。白泉の句は校内の図書館報に載っただけのものだから、兜太が知るよしもない。天が下新しきものなしで、独自の発想などと言っても、高が知れているの感を深くした。兜太の句は本人の弁によれば、朝、戸を開けると白梅が咲いている庭は海底のような青い空気につつまれていた。春が来たな、いのち満つ、と思ったとき、精悍な青鮫が庭のあちこちに泳いでいた由[32]。庭を海底のような青さと感受したことから「青鮫」へとイメージ（連想）は飛躍したのである。読者としてこの句を読み解けば、庭の梅の木には白梅があちこちに花をつけていて、庭にその淡い影が落ちている。その斑点のようなあちこちの花やその淡い影から青鮫の肌へとアナロジーが働いたとも読み解けよう。

他方、白泉の句の「梅咲いて」から「白い馬などやってくる」への飛躍は単なる直感的、感覚的なものではあるまい。白梅が淡い早春の日を浴びて咲いている。その白い色や清楚な感じからアナロジカルな「白い馬がやってくる」やさしい幻想的なイメージへと飛躍したのである。この句にも戦後の白泉の句の特徴である生きものへの優しいまなざしが感じられる。

万愚節明けて三鬼の死を報ず

『白泉句集』　昭和三十七年

90

初出は稿本句集『白泉句集』（昭44）。

この句には「悼西東三鬼」という詞書が付いている。「万愚節」は「エイプリル フール」で四月一日。西東三鬼は血清肝炎のため、昭和三十七年四月一日の午後〇時五十五分、神奈川県三浦郡葉山町堀内の自宅にて波乱の多かった生涯を閉じた。六十二歳であった。「万愚節明けて三鬼の死を報ず」とあるので、四月二日の朝、三鬼の訃報はテレビ、ラジオ、新聞で報じられたのである。帝国書院の統計資料によると、昭和三十七年の白黒テレビの普及率は約七〇パーセントなので、白泉はテレビで三鬼の訃報に接したのであろう。

この句は作者白泉と切り離して読めば、「万愚節に死ぬとは、いかにも三鬼らしい」という受け止め方になるだろう。しかし、この句の鑑賞は白泉とは切り離せないものだ。「悼西東三鬼」と詞書があるので、三鬼への追悼句には違いないが、それは石内直太郎校長の訃報に際して、

稲妻に立つや石内直太郎

と畏敬と哀悼の思いを表わしたのとは隔絶している。三鬼が「万愚節」に死んだこと自体が、「いかにも三鬼らしい」という諧謔的な受け止め方などではなく、白泉にとっては三鬼への複雑な思いを強く喚起するものだった。したがって、この句の背後にある白泉の三鬼への複雑な思いを汲み取ることが、この句を精緻に読み解くことになるだろう。

本書の読者はすでにその複雑な思いに気づかれているだろう。それは端的に言えば、昭和十年代の青春時代における三鬼との蜜月と破局である。三鬼の提唱で結成された在京の新興俳句の俳人たちのグループ「新俳話会」「十士会」で二人は行を共にし、昭和十一年、「句と評論」句会に三鬼が参加したのを契機に意気投合して、戦火想望俳句に挑戦するなど、新興俳句の推進に没頭した。「京大俳句」から「天香」創刊へと行を共にし、二人の親交は深まり、蜜月時代は続いていた。ところが、十五年五月三日の第二次「京大俳句」弾圧事件で検挙された白泉が京都五条警察署に勾留中、三鬼が白泉の父親の家を訪れ、寸借詐欺をしたことで二人の蜜月関係は破綻した。以後、終生、破綻は修復されることはなかった。

戦後も、三鬼が現代俳句協会の設立や、山口誓子を擁しての「天狼」創刊など、常に俳壇的な行動をとったのに対し、白泉は俳壇や結社などの組織ではなく、一人一人の作家が一人立ちすることを重視した。また、俳句観においても、戦後、誓子に心酔して有季俳句に転じた三鬼に対し、白泉は一貫して超季の認識を抱いていた。

したがって、エイプリル フールの日に死んだ三鬼を追悼したこの句の背後には、三鬼への愛憎の入り混じった複雑な感慨があった。白泉にとって、俳句と人生の両面において三鬼は忘れられない俳人であった。

昭和四十一年ごろ、死を思うような鬱屈した心境に陥ったとき、

数珠玉や三鬼を懐ひ死を想ふ

という句も作っている。

91

この子また荒男に育て風五月

『白泉句集』昭和三十九年

初出は「俳句研究」昭和三十九年十二月の「'65年鑑」号に収録された五句中の第四句。八幡船社版『渡邊白泉集』（昭41）および稿本句集『白泉句集』（昭44）にも「はじめて子をま（注・八幡船社版は「も」の表記）うけたる人に」という詞書で収録。

この句を詠んだ昭和三十九年、約五年間苦しんだ「不感無声」の情況から抜け出し、以前と同じように俳句を作ることができるようになった。その喜びを、次のように記している。

> 「夜の風鈴」の一句（注・「極月の夜の風鈴責めさいなむ」）によって、わたくしは甦《（ママ）》えることができた。五年間わたくしから離れ去っていた何かゞ突然帰ってきて、わたくしの魂と一つになったのである。生きていてよかったというような言いかたでは、十分に言いあらわせないような充実感をわたくしは覚えたことである。
>
> 爾来わたくしは、焦ることもなく、恐れることもなく、ひとり閑々として俳句を作りつゞけて来た。（稿本句集『白泉句集』の「あとがき」）

「夜の風鈴」の句で甦った理由は、白泉自身「何かゞ突然帰ってきて、わたくしの魂と一つになった」と言うように、心の機微の問題で、白泉にも分からなく、深掘りしても解明できないだろう。

「この子また」の句は「はじめて子をまうけたる人に」という詞書があるように、初めて子を得た知り合いの人への祝句である。「この子また荒男に育て」には生まれた男の子への慈愛のまなざしが注がれている。「荒男」とはすでに『万葉集』にも詠まれた古語で、荒々しい男、勇猛な男の意。爽やかな薫風が吹く初夏に生まれた男の子に、たくましく元気な子に育てと、慈愛のエールを送っている。

92

秋まぶし赤い帽子をまづお脱ぎ

『白泉句集』昭和四十年

初出は稿本句集『白泉句集』（昭44）で、「教へ子は皆美しく成人す」という詞書が付いている。一般に高校では高一の時に担任となった担任団が高三まで持ち上がって生徒たちを卒業させることが多い。佐藤和成氏と根木谷信一氏によれば、市立沼津高校は七クラス（のち八クラス）で、担任は高三まで持ち上がりとのこと。担任団は担当教科や年齢や性別も偏ることなく配慮し、五十代の教員が学年主任を務めるのが一般的である。高三の時は卒業の年で、進路を決める時なので、クラスの担任と生徒たちとの仲はいちばん親密になる。生徒たちは卒業して四、五年ごろまでは、毎年一回、担任だった教員を招いてクラス会を開くことが多い。また、親しかった生徒同士が誘い合って、土曜日の午後などに職員室に担任を訪ねてくることもある。部活動の顧問として親密になった生徒たちが訪ねてくることもある。白泉は社会科研究部の開設や野球部の顧問など、部活動を通しても親しく生徒たちと交流した(33)という。白泉は生徒たちに慈愛のまなざしを注ぎ、全人的な教育をしていたので、生徒たちから慕われていた。

白泉は第十一期生（昭33～36）の担任で、高三のときは「白鳥組」の担任だった。したがって、この句は、明るい日差しがまぶしくそそぐ秋の或る日、卒業して四年ほど経った「白鳥組」の教え子たちが職員室を訪れたときの作だろう。その中にしゃれた「赤い帽子」（ベレー帽）をかぶった女の子もいた。「教へ子は皆美しく成人す」という詞書と、「赤い帽子をまづお脱ぎ」とやさしく語りかける表現に、教え子に注ぐ慈愛のまなざしが溢れている。

93

向ひ合ふ二つの坂や秋の暮

『白泉句集』昭和四十年

初出は八幡船社版『渡邊白泉集』（昭41）。

白泉の人生や俳句についてあまり知識がない人は、この句を嘱目吟として読むだろう。いや、白泉の人生や俳句に興味があり、かなり詳しい人でも嘱目吟として読むだろう。もちろん、嘱目吟として読んでも、くっきりとした輪郭をもつイメージや秋の暮の情趣、一句に湛えられた憂愁感は十分に感受できる。だが、仮にこの句が嘱目吟だったとしても、単に嘱目吟として読み解いただけでは、この句を深く読み解いたことにはならないだろう。

この句は蕪村の句に見られるように、少年時代の心のふるさととして心に刻まれた光景を描いたものであろう。したがって、白泉が少年時代を過ごした青山南町の生活圏であった、

秋晴や笄町の暗き坂　昭16

の世界にもう一度戻らなければならない。すなわち、この句を読み解くには笄町あたりの地理的リテラシーが必要になる。

笄坂は低地である霞町交差点から六本木通りを東側に上る霞坂と向き合っている。道幅は広い。他方、牛坂は笄坂より少し南側を笄坂と並行して西側へ上る坂であり、東側へ上る大横丁坂と向き合っている。道幅は笄坂より狭く、脇に崖や樹木などがあり、やや暗い感じである。このあたりは白泉が少年時代に遊び慣れたエリアであった。したがって、この句の情趣から「向かい合ふ二つの坂」にふさわしいのは牛坂と大横丁坂となるだろう。少年時代の懐かしい心のふるさととして心に刻まれた向かい合う二つの坂を思い浮かべ、秋の暮の情趣を生かした憂愁感と郷愁を詠んだ句であろう。

94

をさなごの象にふれたる声麗ら

『白泉句集』昭和四十一年

初出は稿本句集『白泉句集』（昭44）で、「三島楽寿園」という詞書が付いている。

白泉は昭和二十七年四月、市立沼津高校に異動して以来、学校の敷地内の教員住宅に住んでいたが、同四十一年三月、三島市南町八番二十一号に転居した。三島駅南口近くにある楽寿園よりさらに南側で、近くに愛鷹神社がある。佐藤和成氏の話では、自宅から歩いて三島広小路まで行き、そこからバスで市立沼津高校近くのバス停で下車する経路で通勤したのではないかとのこと。また十月には八幡船社版『渡邊白泉集』（私版・短詩型文学全書⑤）を上梓。この句集は新書判よりやや大きく、三十頁、自選一二九句を収録した小句集で、解題は阿部青鞋が担当した。白泉にとっては唯一の自選句集であり、うれしさもあったが、収録句数が少なく、また、無断で十数句が発行者の津久井理一によって削除されたため、不満でもあった。[34]

同じく十月には『沼津高等学校論叢』第一集が刊行され、白泉はそこに「俳句の音韻」を寄稿していた。「俳句の音韻」は戦中、古俳諧の研究に没頭して以来、白泉の理念とした古俳諧の風姿と格調を体現した俳句を韻律の視点から分析したものである。それは五つの母韻の音感の特徴を中心に子音の音感の特徴やアクセントの高低の織りなす韻と、五音を三・二、七音を四・三に分け、さらに十七音を全て二音と一音に分け、それとイントネーションの強弱が織りなす律との縦横の交感に言及している。土居光知の韻律論や水原秋櫻子の『俳句の本質』の韻律論などに基づいた古典的なもので、イントネーションなど主観的な要素も含まれている。白泉の戦後の俳句観の骨格を示したもので、俳句における意味上の秩序と音声上の秩序との合一によって優れた俳句表現が達成されることを説き、特に音声上の秩序の重要性を強調したのである。

この句は三島駅南口の近くにある「楽寿園」を訪れたときの句。楽寿園は明治時代は昌徳宮と呼ばれていたが、昭和二十七年、三島市立の公園となった。園内には日本庭園や楽寿館などと共に小規模の遊園地や動物園もある。白泉が訪れた昭和四十年代には象やキリンなどの大型動物も飼育されていた。

この句は幼女や教え子などに慈愛のまなざしを注ぐ白泉の句の中で、特に印象深い句である。小動物園では象やキリンなどとじかに触れ合うことができ、象の鼻などに触った「をさなご」が驚きとうれしさのあまり、無邪気でかわいらしい声をあげたのである。象と少女の触れ合い、それに注がれたおだやかで、やさしい慈愛のまなざしが生き生きと伝わってくる。「をさなご」のあげる声にふれ、白泉の心も明るいさざなみを立てているようだ。

葛の花くらく死にたく死にがたく

『白泉句集』　昭和四十一年

95

初出は稿本句集『白泉句集』（昭44）。

この句には有名なエピソードがある。まず、そのエピソードを紹介しよう。昭和四十一年の十月五日、三橋敏雄の第一句集『まぼろしの鱶』の出版記念会が霞が関の霞山会館で開かれた。白泉はその会に約二十年ぶりに姿を見せた。メインテーブルには三橋を中心にして、向かって右に秋元不死男と湊楊一郎、左に高屋窓秋と渡邊白泉という新興俳句時代の先輩俳人が居並んだ。コの字型に曲って白泉の隣から順に三谷昭、幡谷東吾、三好豊一郎らが席に着いていた。最初に祝辞を述べたのは白泉であった。大高弘達が記した出版記念会の記録（「俳句評論」第63号）によれば、白泉は当時の新興俳句と三橋の作品について綿々と語ったというが、末席にいた私は全く憶えていない。当時、私は学燈社の『現代俳句評釈』（昭42）という共著に富澤赤黄男と西東三鬼を担当執筆していたが、白泉についてはほとんど知らなかった。また同書に白泉は収録されていなかった。白泉の後、不死男・藤田初巳・楊一郎・窓秋などの祝辞がつづき、スピーチに立った幡谷東吾が「今日は、高屋窓秋をはじめ新興俳句の亡霊が一堂に会した」と言った。それを受けて、秋元不死男（新興俳句時代の東京三）が「私もその亡霊の一人」と言うと、間髪を入れず白泉が、「お前は亡霊ではない。ボスだ！」と一喝したのである。一瞬、会場は凍りついた。

これは戦後、「俳人協会」の幹部などに成り上がった秋元だけに向けられた怨念の激発ではないだろう。白泉は一人一人の作家が独り立ちする俳壇を理念としていたので、相も変わらず虚名を争う俳壇への鬱屈した思いがあり、それが秋元の一言で噴出したのであろう。

このエピソードには余談がある。松崎豊によれば、二次会で、白泉は金子兜太らいわゆる「戦後派」世代と三谷昭ら新興俳句世代のどちらの輪にも入らず、一人ぐいぐい呑んでいた。同席した松崎が「最近の御句は」と尋ねると、白泉は、

葛の花くらく死にたく死にがたく

と、箸袋に楷書で丁寧に書いた、という。（松崎豊「葛の花」—「雷魚」第30号）

「不感無声」の痛苦から脱した穏やかな日常においても、白泉の胸底には死を思うような鬱屈した暗く深い憂愁が伏流していたのである。同様の思いを詠んだ同じころの句と思われるものに、

数の世ぞ胸のなかにも霧は満つ

数珠玉や三鬼を懐ひ死を想ふ

がある。
白泉は後に『まぼろしの鱶』について懇切な書評を書いた。そのなかで、「新聞紙すつくと立ちて飛ぶ場末」などは「よく整理はされているけれども内容上の知的な整頓に終わっており、心魂の充実と、それに応じた音韻の裏づけがない」と評した。そして、

古き巌すみれを挟み潤へる

を挙げ、「しっかりとした骨格をたもち、しかも新鮮な風懐を発散する。（略）三橋敏雄は、やはり生きていた。全く新しい独自の息づきをもって、深い人間苦の深淵を足もとに見定める幅と拡がりを貯えて、生き返ろうとしていたのである。」（「巌の地下水」—「俳句研究年鑑」昭41・12）と賞賛した。ここには古典的な風姿を持ち、人間存在の奥底に触れた句を良しとする白泉の俳句観が窺える。そして、それは三橋敏雄の後年の俳句観と通じているだろう。

やっぱり新興俳句の実作を眺めると、どこか幼いんだなあ。純粋な面もあるけれど、大人が読むに堪えないいんだ。（略）最終的には大人が読むに堪えるか堪えないかですよ。（『証言・昭和の俳句 下』角川書店・平14）

96

おらは此のしつぽのとれた蜥蜴づら

『白泉句集』昭和四十二年

初出は「香陵俳句会」会報十九号（昭42・6）で、「おらは此のしっぽのとれたとかげずら」の表記。

佐藤和成氏の話では、白泉は教室ではほとんど俳句の事も、自分が俳人であることも語らなかった、という。また、渡邊勝氏の話では、家でも家族に俳句の話はしなかったが、晩年、「俳句の音韻」を書いたときは興奮して語りかけた、という。白泉の理念である俳句の音と韻と意味の一体化の分析と、その絶妙な交感の発見で「ユーレカ」（われ発見せり）の興奮を抑えられなかったのだろう。昭和三十二年、筑摩書房版『現代俳句集』に「渡邊白泉集」が収録されたときも、教室でも家でもそのことをほとんど話さなかった、という。しかし、市立沼津高校に異動した昭和二十七年から晩年まで「沼高新聞」を中心に校内文芸部誌「あしたか」や校内図書館報「野火」などに「渡辺白泉」の名前でしばしば俳句や文章を寄稿した。したがって、教員間には白泉が俳人であることは知られていただろう。生徒にも俳句を作る先生であることは知られていただろう。晩年は学校や沼津市立駿河図書館（現・市立沼津図書館）

の俳句研究会で積極的に俳句と関わりを持った。
昭和三十七年、市立沼津高校の教職員の中で俳句に興味がある人たちと放課後、教室で句会を開いた。「狩野句会」と名づけて、白泉の講評中心に行われたが、出句数が少ないため五、六回で中止になったという。（今泉康弘「エリカはめざむ(9)」―「円錐」51号）その後、四十一年一月、駿河図書館で社会教育講座の一環として俳句研究会が発足した。「香陵俳句会」という名称で、夜間に毎月一回句会を開いた。翌四十二年三月二十五日の夜、白泉は初めてこの会に講師として招かれ、句会の後、講評をした。これをきっかけに「香陵俳句会」の人たちを指導し、会報にも積極的に俳句や文章を寄稿するようになった。（鈴木蚊都夫『現代俳句の流域』至芸出版社・昭55）
この句は同会の会報十九号（昭42・6）に寄稿した「自作とその解説」に採り上げられた二句中の後の句。最初の、

とかげ出て老女にも声挙げさする

（注・稿本句集『白泉句集』では「蜥蜴出て老女にも声挙げさする」の表記）

について解説をした後、この句を解説している。句のモチーフがよくわかる解説なので、私の読み解きに替え、引用しよう。

一見、戯作のように見える句だろうと思います。しかし、この句は、最近作った作品のなかでは、作者にとって非常に大切なものなのです。それは、作者自身の心や人生観がそこに飾り気なしに揺曳しているからでしょう。

「おら」も「ずら」も、この地方の方言です。方言を使用した俳句は、小生もあまり見たことはありませんが、口語使用の作品を作ろうというのと、同様に、一度は作ってみたいとかねがね思っていたところです。それも、一茶の「目出たさも中ぐらいなりおらが春」式の部分的なものでなく、一句をすっぽりと方言で包んでみたいという野望（？）が、期せずしてこの作品で果たされたように思っています。

しかし、重要なことは、やはり、そうした形態の面におけるものではなく、句の内面に、さきほどふれた、作者自身の人生観が浸み、たゆとうているということです。誰しも、自分の人生にはいろいろな疑問や、不満をもっているものです。中には、それがこうじて、さまざまの間違いを犯す人も沢山あります。作者は、この句によって、自分自身の拙な《ママ》い生き方を自嘲するかたわら、それらの心貧しい人たち全体に訴えかけようとしているのです。悲しいけれど、せめて懸命に生きましょうと。（鈴木蚊都夫『現代俳句の流域』既出）

最後の「それらの心貧しい人たち」以下の表現は「香陵俳句会」の人達に配慮して、励ましの言葉で結んだのであろう。この句には白泉の特徴である小さな生きものへのやさしいま

なざし、憐憫の情がある。すでに読み解いた、

桃色の足を合はせて鼠死す

にも、桃色の小さな足を合わせて仰向けに死んでいる小さな鼠への憐憫のまなざしがある。この句もそれと同様、しっぽの切れた蜥蜴への憐憫のまなざしがあるが、それに加えて蜥蜴と拙い生き方しかできない自分とを重ねた自己憐憫がある。駿河地方の方言を使ったのは自己諧謔化の表現であるが、それは、

憲兵の前で滑って転んぢゃった

の自己諧謔化とは全く異なる。「憲兵」の句には自己憐憫はない。「しつぽのとれた蜥蜴」の句と同じまなざしを持った句は、

かなかなもわたしばつたも亦わたし　角川書店「俳句年鑑」（昭33・12）

がある。かなかなやばったへの憐憫のまなざしに加えて自分自身への憐憫のまなざしである。したがって、この句は方言による自己諧謔表現によって、しっぽの切れた蜥蜴への憐憫と共に、「京大俳句」弾圧事件により暗転した人生など拙い生き方しかできなかった自分自身への憐憫、自嘲を表現したものと言えよう。

97

白露や駅長ひとり汽車を待つ

『白泉句集』昭和四十二年

初出は稿本句集『白泉句集』（昭44）。

昭和四十二年二月、白泉は韮山町（現・伊豆の国市）奈古谷城ヶ下六六九番地の二に転居した。三島駅から南東に位置する伊豆畑毛温泉の近くで、三島駅からははるかに遠い。家から相当遠い西側を、三島駅と修善寺駅を結ぶ伊豆箱根鉄道駿豆線が通っている。白泉の長男純氏の話では、家の近くから三島駅行きのバスに乗り、三島駅から市立沼津高校近くのバス停で下車するコースで通勤したのではないかとのこと。あるいは、駿豆線三島広小路駅から路面電車で沼津駅まで行ったとも考えられるという。私は聖光学院中高校、都立三田高校などで五十年間高校教諭を務めたが、出勤時間のきまりは、七時五十分から八時が多かった。白泉は家を六時過ぎに出て、一時間半近くかけて通勤したのだろう。亡くなる一日前の夜、沼津市内で帰宅のバスに乗ろうとして昏倒したので、主にバスを利用していたのかもしれない。

また純氏の話では、白泉が勤め先から遠方の畑毛温泉のそばに引っ越したのは、千江子夫人の姉（幸子）が画家の藤田嗣治のパトロンだった中西顕政と結婚して畑毛温泉で暮らしており、その広い土地の一角に白泉夫妻の家を新築してくれたからであった。血圧が高く、軽い脳溢血の発作を起こしたこともある白泉にとって、畑毛温泉のぬるい湯は効能があり、好都合であった。

この句は、早朝の駿豆線乗車体験から発想したものだろう。駿豆線や御殿場線などのローカル線は乗降客が少ないため、駅長一人と職員一人という駅もある。駅長一人だけの駅や無人駅もある。御殿場線ではそういう駅が多いが、ここでは早朝の駿豆線の原木《ばらき》駅を想定すればよい。原木駅は四年後の四十六年に無人駅化されるので、このころは駅長が一人だけの駅だったのだろう。

白露が置く秋冷の早朝、ローカル線のホームに駅長が一人立って、上りの汽車が来るのを待っている。冷えた空気につつまれて、小さな駅の周辺は人の気配もなく、ホームには通勤客もまばら、といった光景がくっきりと浮かび上がる。ホームに一人立つ駅長に焦点を当て、上五に「白露」を置いて空間的な状況の広がりを示す作り方は、古俳諧の風姿、文体を伝え、心地よい。

浪打の倒れむとして引くも春

『白泉句集』昭和四十三年

98

初出は稿本句集『白泉句集』（昭44）。

沼津の海浜の波打ちぎわの光景を詠んだものであろうか。この句を読むと、私は小学校のときの春の遠足でしばしば訪れた南房総館山湾内の北側に当たる船形（現・館山市）の野房《のぼう》の浜辺の光景を懐かしく、ありありと思い浮かべる。外房の千倉海岸などと異なり、館山湾は別称「鏡ヶ浦」とも呼ばれるようにおだやかな波が寄せては返す。野房の砂浜の波打ちぎわにはさざ波が引くと、砂地に小さな穴があいている。そこをそっと手で掘ると、「波の子」（安房の国の小貝）が眠っていた。

この句は明るくおだやかな春の海の情趣を詠んだ蕪村の句、

春の海終日《ひねもす》のたりのたりかな

と同じような情趣を詠んでいる。「のたりのたり」は海辺に寄せる波とも沖のうねりともとれるが、春の海の大景をざっくりと捉えている。それに対して白泉の句は砂浜の波打ちぎわにゆるやかに寄せる波の穂先のディテールを鮮やかに掬いとった句だ。遠浅の海辺の波が、ゆるやかに傾斜している砂浜の波打ちぎわへとゆるやかに寄せてきて、波の穂先が崩れるかと思うと、崩れずに引いてゆく。そのおだやかなくりかえしが髣髴する。戦中、古俳諧の研究とそれに基づく実作に没頭することで体得した、言葉を柔軟に撓める表現技術が絶妙である。蕪村の「春の海」を思い出したときは、必ず白泉の句も思い出してほしい。

99

秋の日やまなこ閉づれば紅蓮の国

『白泉句集』昭和四十三年

初出は稿本句集『白泉句集』（昭44）。

白泉は「京大俳句」弾圧事件の検挙や戦争の過酷な体験が戦後もトラウマとなって胸の奥深くに沈んでいた。そして、それらによる人生の暗転は心の底に深い憂愁となって伏流していた。トラウマはそれらの戦中体験と何らかの点でアナロジーが作用する事柄に触れると、意識の底から突如浮かび上がり、戦中体験へとフラッシュバックする。

この句はすでに読み解いた、

手錠せし夏あり人の腕時計

と同様、トラウマによるフラッシュバックという心的機制によるものである。「紅蓮」とは猛火の真赤な炎の色をいう。おだやかであたたかい秋の日を浴びたまぶたを閉じると、その裏側に真赤な世界が生まれる。「紅蓮の国」とはその真赤な生理現象の比喩ともとれる。だが、ここには入れ子型の比喩が仕掛けられているだろう。「紅蓮の国」は、まな裏に生じた真赤な生理現象が突如、戦中のトラウマを甦らせ、横浜大空襲を目の当たりにしたような猛火につつまれた紅蓮地獄へとフラッシュバックさせたのである。「紅蓮の国」とは、紅蓮地獄の戦火の暗喩である。白泉の戦中・戦後はまだ終わっていなかったのだ。

谷底の空なき水の秋の暮　『白泉句集』昭和四十三年　100

初出は「俳句研究」昭和四十三年十二月号の「69'年鑑」。

すでに読み解いてきたことから分かるように、白泉の戦後の句には大きく二つの傾向が見られる。一つは幼児や小さなものなどにやさしい慈愛のまなざしを注いだもの。

おしつこの童女のまつげ豆の花
をさなごの象にふれたる声麗ら
この子また荒男に育て風五月
秋まぶし赤い帽子をまづお脱ぎ

もう一つは胸底に深い憂愁感や孤独感が湛えられたもの。

瑞照りの蛇と居りたし誰も否
わが胸を通りてゆけり霧の舟
向ひ合ふ二つの坂や秋の暮

この「谷底」の句は後者の系統に属するもの。稿本句集『白泉句集』の最後に置かれた作品である。この句を最後に置いたのは、単に最晩年の作だからということではあるまい。俳句弾圧の検挙による暗転した人生や、戦後の俳壇から絶縁した孤独な人生など、拙い生き方しかできなかった自分自身の生を総括的に象徴させたのではなかろうか。

この句の読み解きには、一年前の七月七日に執筆し、「香陵俳句会」の会報二十号に寄稿した「近作二句について」（鈴木蚊都夫『現代俳句の流域』既出）の白泉の解説文が貴重な補助線

となっている。すなわち、

谷に何阿鼻叫喚の百千鳥

の句を解説した「この作品は、現在わたくしの住んでいる畑毛の、山のうら側にある谷間を散歩しているときにできたものですが」という文言である。畑毛温泉近くに自宅があり、自宅の近くの山の裏側の谷間あたりは白泉が散歩したりする所だったことが分かる。谷底には小さな渓流が流れ、小さな澄んだよどみもある。だが、よどみの上方には樹木の枝葉などがあり、空の映らない閉ざされた空間である。秋の暮を背景に、寂寥感と憂愁感が読者の胸に滲み込んでくるような句である。白泉の胸の奥底に伏流する孤独感、憂愁感を象徴し、また白泉の人生を象徴するのにふさわしい句である。

今泉康弘氏によれば、白泉は毛筆による稿本句集『白泉句集』を亡くなる二、三年ほど前から職員室で書き始めていた。そして、四十四年一月二十九日（水）、職員室で最後に「あとがき」を書き上げ、「昭和四十四年　渡辺白泉記」と記名した。全三章を章ごとに和綴じの製本にしたのは隣の席の同僚の武田藤男先生だった。(35) これが現在知られる稿本句集『白泉句集』（昭44）だが、それ以外にも白泉は毛筆の『白泉句集』を二冊作成していた。一冊は「霧の中機関車二つ連結し」（初出句）で始まり、「探梅や椿のつぼむ山の鼻」で終るもの。もう一冊は「白壁の穴より薔薇の国を覗く」で始まり、「麦刈って夢魔のライオン去りにけり」

で終るもの。共に「あとがき」はない[36]。納得できる稿本句集をいろいろ試みたのだろう。その夜の午後八時ごろ、沼津市内で帰宅のバスに乗ろうとして、突然路上に昏倒した。近くの込宮外科病院に運び込まれたが、意識は戻らず、翌三十日午後八時五十分に同病院で亡くなった。死因は脳溢血。享年五十五歳十ヶ月であった。二月二日午後、畑毛温泉近くの自宅で告別式が行われた。法名、顕達院法威日徳居士。墓は東京都府中市の都立多磨霊園第二十四区一種二十側にある。

稿本句集『白泉句集』を完成した白泉は、それを校内の重要書類保存用のロッカーに入れておいた。死後発見されたその毛筆自筆の『白泉句集』を、新興俳句時代からの弟子である三橋敏雄は影印本『渡邊白泉句集』とし、三橋選『渡邊白泉句集 拾遺』と併せて『白泉句集』(書肆林檎屋・昭50)として刊行した。

昭和十五年の「京大俳句」弾圧事件による検挙で白泉の人生が暗転したが、この年を境に白泉の俳句や俳句観にも大きな変化が見られる。しかし、それは国家権力の強制によるいわゆる「転向」ではない。十五年以前の新興俳句時代から古俳諧の風姿を規範とする新たな作風を模索しており、自主的・主体的な進展であった。

新興俳句時代の白泉は、特異な色彩感覚と多彩なレトリックを駆使した斬新なエスプリ・ヌーボーの新風、想像力と多彩なレトリックを駆使した大規模な戦火想望俳句への挑戦、軍国化による閉塞の社会情況をイロニイや暗喩を用いて批判的に表現したものなど、次々に新たな表現様式を創出した。その基底には都市生活者の庶民の立場からの鋭い批評意識があった。時にはそれが鬱屈した情動として噴出することもあった。

戦中は古俳諧の研究とそれに倣った実作に没頭することで、古俳諧の風姿・文体を体得した。他方、黒潮部隊の特設監視艇に乗り組んでの海軍体験では、人間性を喪失した過酷で非情な海軍の内部構造を、イロニイと暗喩を駆使して新興俳句で体得した文体で抉り出した。

戦後の高校教員時代の文体は基本的に古俳諧の文体に拠っている。起伏の多かった白泉の人生の中で、石内直太郎と出会った沼津時代は最も穏やかな時代だった。そういう背景もあり、白泉の戦後俳句の特徴として、幼いものなどへ優しい慈愛のまなざしを注いだ句がかなり見られるようになった。しかし、表面的には穏やかな日常生活や心境と見える胸の奥底には、新興俳句弾圧による検挙や戦後俳壇を自ら絶縁した孤立の生き方などに因る深い孤独感や憂愁が伏流した。時にはそれが臨界を超えて激しい情動として噴出し、新興俳句の文体に戻ることもあった。

白泉の俳句と生涯を端的に言えば、人間存在の根底に触れるような深い孤独感と憂愁感を伏流させながら、新しい多様な表現様式や文体を次々と創り出していった多面体だった、と言えよう。そして、それは現在の俳句を撃つ力も失っていない。そこに白泉の俳句の誰とも似ない優れた特徴があり、読者を魅了するのであろう。

戦後、白泉は俳壇から忘れられていた。三十年代の神田秀夫の炯眼をきっかけに、白泉死後の四十年代中ごろから五十年代にかけて三橋敏雄と高柳重信らの白泉啓蒙と顕彰活動によって、白泉は正当に現代俳句史・俳句表現史に復権した。しかし、白泉と同時代を生きた新興俳句の小澤青柚子・高篤三・藤木清子・喜多青子・磯邊幹介ら、優れたマイナー・ポエットたちはまだ十分には復権していない。本書の読者には、彼らにも優しいまなざしを注いでもらえれば、長年新興俳句の研究に携わってきた一研究者としてはありがたく、大いなる喜びである。

《注》

(1) 三島由紀夫「座右の辞書」(「風景」昭36・1)
(2) 藤田初巳「回想の白泉」(「俳句研究」昭44・3)
(3) 藤田初巳「回想の白泉」(既出)/湊楊一郎「私説・渡辺白泉」(「俳句研究」昭44・3)
(4) 藤田初巳「回想の白泉」(既出)
(5) 三橋敏雄「解説」(朝日文庫『富澤赤黄男 高屋窓秋 渡邊白泉集』昭60)
(6) 「沼高新聞」第15号(昭27・10・24)―今泉康弘「エリカはめざむ(11)」(「円錐」第53号、平24・4)
(7) 三橋敏雄「噫　渡辺白泉」(「俳句研究」昭44・3)
(8) 稲垣宏「渡辺白泉という人」(「俳句研究」昭44・3)
(9) 三橋敏雄「噫　渡辺白泉」(既出)
(10) イリフとペトロフの合作小説『十二の椅子』(江川卓訳・世界ユーモア文學全集　第6巻・筑摩書房・昭36)の江川卓の「あとがき」
(11) 稲垣宏「渡辺白泉という人」(既出)
(12)~(16) 正岡勝直「黒潮部隊 太平洋戦争におけるわが特設監視艇隊」上・中・下(海人社「世界の艦隊」昭47・2~4)/石井顕勇「特設監視艇隊の戦闘」(web)
(17) 鈴木蚊都夫「回想の人・渡辺白泉」(『現代俳句の流域』至芸出版社・昭55)
(18)~(21) 渡邊白泉の長男渡邊純氏と二男渡邊勝氏からの直接の聞き取り/渡邊勝「父との思い出―岡山時代」(『渡邊白泉全句集』沖積舎・平17)/渡邊威徳「石内学校への入学」(沼津市立沼津高校発行「鷹峯」創刊号・創立20周年記念・昭41)
(22) 阿部青鞋の二女赤田雅子さんからの直接の聞き取り

(23) 岡山県教職員組合編『岡山県学事関係職員録 昭和二三・二四年度』(岡山県立図書館 電子図書館システム デジタル岡山大百科による)
(24) 統廃合を経た福本校舎を現在引き継いでいる岡山県立和気閑谷《わけしずたに》高校のホームページの沿革史による
(25) 稲垣 宏「渡辺白泉という人」(既出)／渡邊 純氏からの直接の聞き取り
(26) 三橋敏雄氏からの直接の聞き取り
(27) 今泉康弘「エリカはめざむ(1)」(『円錐』第40号、平21・1)
(28) 沼津市立沼津高等学校・中学校ホームページの「校訓及び教育理念」／沼津市立沼津高等学校・中学校の「沿革」(web)
(29) 内閣府災害対応資料集「狩野川台風」(昭33)
(30) 沼津市ホームページの「狩野川台風」
(31) 今泉康弘「エリカはめざむ(8)」(『円錐』第49号、平23・4)／佐藤和成氏・根木谷信一氏からの直接の聞き取り
(32) 金子兜太『金子兜太自選自解99句』(角川学芸出版・平24)
(33) 今泉康弘「エリカはめざむ(1)」(既出)／沼津市立沼津高等学校『創立50周年記念誌』(平8・佐藤和成氏所蔵)
(34) 高柳重信「全国大会前後」(『俳句評論』第62号、昭41・11)／阿部青鞋の津久井理一宛葉書(中川専子さん所蔵)
(35) 今泉康弘「エリカはめざむ(6)・(8)」(『円錐』第45号／第49号、平22・4／平23・4)
(36) 渡邊 勝氏からの直接の聞き取り

《参考文献》

『子規俳話』　正岡子規　改造文庫　昭4
『俳句の本質』　水原秋櫻子　交蘭社　昭8
「特集・渡辺白泉追悼」　俳句研究　昭44・3
「特集・渡辺白泉評論集」　現代俳句第四集　南方社　昭53
『昭和俳句の展開』　川名大　桜楓社　昭54
『現代俳句の流域』　鈴木蚊都夫　至芸出版社　昭55
『鑑賞現代俳句全集 第六巻』立風書房　昭55
『新興俳句表現史論攷』　川名大　桜楓社　昭59
『富澤赤黄男 高屋窓秋 渡邊白泉集』　朝日文庫　昭60
「新興俳句期の小沢青柚子」　細井啓司　現代俳句　現代俳句協会　平6・10
『昭和俳句 新詩精神《エスプリ・ヌーボー》の水脈』　川名大　有精堂出版　平7
『俳壇真空の時代』　鈴木蚊都夫　本阿弥書店　平9
『現代俳句 上下』　川名大　ちくま学芸文庫　平13
『渡邊白泉全句集』　沖積舎　平17

『俳人探訪』 栗林浩 文學の森 平19
『挑発する俳句 癒す俳句』 川名大 筑摩書房 平22
「エリカはめざむ」(1)～(11) 今泉康弘 円錐(第40号～53号) 平21・1～24・4
『評伝 三橋敏雄―したたかなダンディズム―』 遠山陽子 沖積舎 平24
『疾走する俳句 白泉句集を読む』 中村裕 春陽堂 平24
『俳句に新風が吹くとき』 川名大 文學の森 平26
『沼津市立沼津高等学校 創立50周年記念誌』 平8
『よみがえる東京―都電が走った昭和の街角』 学研パブリッシング 平22
『ぐるっとみなと 港区公共施設案内図』 港区区長室広報係 令2
「黒潮部隊 太平洋戦争におけるわが特設監視艇隊」上・中・下 正岡勝直 世界の艦隊(海人社) 昭47・2～4
『海軍軍戦備〈2〉』(戦史叢書 第88巻) 防衛庁防衛研修所戦史室編 朝雲新聞社 昭50
「素手で米機動部隊に立ち向かった海の男たち・太平洋戦争中、知られざる「黒潮部隊」の活躍」
米澤正男 海事資料館研究年報 22号 平6
「漁師たちの戦争 徴用船の悲劇」(1)～(5) 神奈川新聞 平26・8・6～8・10
『大空襲5月29日―第二次大戦と横浜』(新版) 今井清一 有隣堂 平7

あとがき

顧みれば、渡邊白泉とのかかわりのきっかけは、昭和四十一年十月五日、『まぼろしの鱶』（三橋敏雄）の出版記念会で末席から白泉の姿を眺めたときだった。翌年、学術的な最初の共著『現代俳句評釈』（学燈社）で西東三鬼と富澤赤黄男の項目を執筆したが、白泉は戦後俳壇から忘れられており、収録されなかった。その後、高柳重信氏の慫慂と三好行雄先生のご指導の下、高屋窓秋・篠原鳳作・白泉・三鬼・赤黄男の競合による新興俳句の推進に論及した『昭和俳句の展開』（桜楓社・昭54）によって研究者としてデビューした。白泉を採り上げたのは、すでに高柳氏や三橋敏雄氏の炯眼によって「新興俳句五人男」として俳句表現史に復権しており、私はそれを受容しただけである。とはいえ、白泉が窓秋の『河』の感傷を否定して俳句における社会性の表出を具現したことと、白泉の作風の変化は弾圧による「転向」ではないことを論証したことには、いささか独創的な自負があった。

昭和四十年代の近代文学研究は三好先生の「作品論」の方法の時代であり、私はその影響を受けて研究を続けてきた。研究対象の作品をはじめ、一次資料を作品が作られた当時のまなどしで読み解くという方法を基本として、安易に評伝的なもの、作者や周辺の人物の語りなどの二次資料に頼らないという立場である。もちろん、私小説的な作品の読み解きには評伝的なものも用いたのだが。作品鑑賞の著作として『現代俳句上下』（ちくま学芸文庫・平13）を執筆したときは、基本的にそういう方法で作品の構造分析を行い、時には語り手の視点を採り入れた不慣れな危うい方法も試みた。

ところで、本書は「俳句と生涯」という執筆の縛りがかけられているので、従来の方法とは逆に、白泉の生涯を可能な限り具体的に詳細に調査し、それを効果的な補助線として俳句を読み解くという方法を採った。そのために参考文献の博捜をはじめとして、ｗｅｂ検索や、白泉の生涯にかかわる事柄に多くの情報をもつ方々にご教示を仰いだ。

主なものを具体的にあげれば、白泉の少年時代の生活圏である南青山を中心とするエリアの地理的、歴史的な情報（青南小学校・歩兵第三連隊・笄坂・牛坂など）や、昭和十年代の車庫別市電経路は、私が長年勤務した都立三田高校（旧・第六高女）出身の方からご教示いただいた。黒潮部隊の特設監視艇での海軍生活は、海軍組織などの軍事資料や黒潮部隊の先行研究文献を繙くとともに、ｗｅｂも検索した。数年前に、日中戦争における富澤赤黄男の転戦経路を陸軍関係の資料で解明していたので（参照・『戦争と俳句』創風社出版・令2）、海軍関係の資料による解明は比較的円滑に進み、新鮮な発見が多くあった。

戦後の岡山時代については、白泉の長男渡邊純氏・二男の勝氏・青鞋の二女赤田雅子さん・

三女中川専子さん・林野高校出身の小川義人氏・美作市巨勢の須田義昭氏から様々なご教示をいただいた。

沼津時代については、渡邊純氏・渡邊勝氏・白泉の教え子の佐藤和成氏・根木谷信一氏に様々なご教示をいただくとともに、白泉に関する貴重な様々な資料を拝見させていただいた。また、白泉の評伝的文献として鈴木蚊都夫著『現代俳句の流域』（至芸出版社・昭55）『俳壇真空の時代』（本阿弥書店・平9）や、今泉康弘氏の聞き書きによる評伝「エリカはめざむ(1)〜(11)」（「円錐」第40号〜53号）などにお世話になった。

今まで定かでなかった白泉の生涯のあらましを解明できたことは、新鮮な喜びだった。それだけでなく、鋭い感覚と卓越した想像力をもとに多彩なレトリックや文体を駆使して新風を生み出した白泉の句が、意外にも日常体験から発想したものが多いことも分かった。読み解きにおいては、その体験的発想から俳句空間への転位、俳句表現としてのリアリティーを引き出そうと努めた。

渡邊勝氏と佐藤和成氏によれば、白泉は亡くなる前に、「自分の俳句は五十年たてば評価される」と千江子夫人に語ったという。白泉の句には、元来豊饒なテイストが含まれていたのだが、それに高柳氏や三橋氏の炯眼と尽力が加わることで、白泉は俳句表現史にも俳壇的受容史にも甦った。そして、今や俳壇を越えて広く受容されている。微力ながら、本書が白泉の受容史を高めるとともに、白泉の魅力、テイストを存分に味わってもらえるものになれば、著者としてこの上ない喜びである。

本書の白泉の一〇〇句は、私一人の貧しい知識だけではとても読み解くことはできない。前に記したように、白泉にかかわる知識や情報をお持ちの方々のご教示や、貴重な文献やｗｅｂの情報などに助けられ、何とか読み解くことができた。お世話になった方々に厚くお礼申し上げる。

最後に、選出した一〇〇句の表記について、一言おことわりしておく。白泉自筆の稿本句集『白泉句集』（昭44）に収録された句の促音「つ」はほとんど小文字表記。拗音「や」「ゆ」「よ」は小文字と並字が混在している。たとえば、有名な「戦争が」の句は、一般的に「戦争が廊下の奥に立つてゐた」と表記されるが、自筆の『白泉句集』では「戦争が廊下の奥に立ってゐた」と表記されている。本書では自筆の『白泉句集』の表記に従った。

二〇二一年（令和三年）四月吉日

川名　大

川名　大（かわな・はじめ）

昭和 14年（1939）千葉県南房総市生まれ。早稲田大学第一文学部を経て、慶応義塾大学・東京大学両大学院修士課程にて近代俳句を専攻。三好行雄、高柳重信に師事。富澤赤黄男・渡邊白泉・西東三鬼らの推進した新興俳句を研究対象としつつ、近代俳句の軌跡を俳句表現史の視点から構築。東京都立三田高等学校・聖光学院中学校高等学校（横浜市）教諭、東京都公文書館史料編纂係などを務めた。
著書に『昭和俳句の展開』『新興俳句表現史論攷』（共に桜楓社）、『昭和俳句 新詩精神《エスプリ・ヌーボー》の水脈』（有精堂出版）、『現代俳句 上・下』（ちくま学芸文庫）、『モダン都市と現代俳句』『俳句は文学でありたい』（共に沖積舎）、『挑発する俳句 癒す俳句』（筑摩書房）、『俳句に新風が吹くとき』（文學の森）、『昭和俳句の検証』（笠間書院）、『戦争と俳句「富澤赤黄男戦中俳句日記」・「支那事変六千句」を読み解く』（創風社出版）などがある。

渡邊白泉《わたなべはくせん》の一〇〇句を読む

2021年 6 月20日　第1刷発行

著　者　川名　大
発行者　飯塚 行男
発行所　株式会社 飯塚書店　http://izbooks.co.jp
〒112-0002 東京都文京区小石川5-16-4
TEL 03-3815-3805　FAX 03-3815-3810
印刷・製本　株式会社 理想社

　ISBN978-4-7522-2081-7　Printed in Japan